Was Hugo von Hofmannsthal im Jahre 1901 als Bearbeitung von Sophokles' Tragödie begonnen hatte, wurde zu einer »neuen, durchaus persönlichen Dichtung«: er nutzte das Dionysische des Sujets zur Entwicklung eigener dichterischer Problemstellung – im Verhältnis von Wort und Tat, Tanz und Tod. Im Oktober 1903 wurde Hofmannsthals Werk erstmals in Berlin aufgeführt. Im Frühjahr 1906 meldete Richard Strauss sein Interesse für eine Vertonung an – und er fand Hofmannsthal nach dem Bruch mit Stefan George besonders bereit für diesen Vorschlag. Strauss hatte nach dem überaus großen Erfolg seiner ›Salome‹ vom Dezember 1905 einen adäquaten neuen Text gesucht und fand ihn in Hofmannsthals ›Elektra‹. Im Mittelpunkt steht hier – im Gegensatz zur antiken Vorlage – als Individuum eine »rasende« Frau. Elektras schicksalhafte Bestimmung ist es, die Erinnerung an die Ermordung ihres Vaters durch Mutter und Onkel wachzuhalten, um der Rache willen. Sie steigert sich bis ins Rauschhafte in diesen Gedanken; als er erfüllt ist, stirbt sie darüber selbst.

Hugo von Hofmannsthal (1. 2. 1874 in Wien – 15. 7. 1929 in Rodaun).
Richard Strauss (11. 6. 1864 in München – 8. 9. 1949 in Garmisch).
Dichter und Komponist lernten sich 1899 in Berlin kennen. Im Jahr darauf bot Hofmannsthal Strauss das Ballett ›Der Triumph der Zeit‹ an, aber erst 1906 kam es mit ›Elektra‹ zur dann allerdings dauerhaften Zusammenarbeit. Aus ihr gingen u. a. ›Der Rosenkavalier‹ (Uraufführung 1911) und ›Ariadne auf Naxos‹ (1912 / 16), das Ballett ›Josephslegende‹ (1914) sowie die Opern ›Die Frau ohne Schatten‹ (1919), ›Die Ägyptische Helena‹ (1928) und ›Arabella‹ (1933) hervor. Der umfangreiche Briefwechsel dokumentiert im einzelnen die Entstehung der Werke und legt zugleich die unterschiedlichen Charaktere der beiden Partner dar.

Hugo von Hofmannsthal

ELEKTRA

Tragödie in einem Aufzuge
Musik von Richard Strauss

Mit einem Nachwort von
Mathias Mayer

Fischer Taschenbuch Verlag

Theater
Eine Reihe des Fischer Taschenbuch Verlags

Veröffentlicht im Fischer Taschenbuch Verlag GmbH,
Frankfurt am Main, April 1994
Erstausgabe ›Elektra. Tragödie in einem Aufzuge
von Hugo von Hofmannsthal. Musik von Richard Strauss‹,
Adolph Fürstner, Berlin 1908
Der Text folgt der Erstausgabe
Copyright © 1908 by Adolph Fürstner, Berlin
Copyright renewed 1936 by Fürstner Ltd.
Copyright assigned 1943 by Boosey & Hawkes Ltd.
Aufführungsrechte vorbehalten.
All rights of public performance reserved Dr. Richard Strauss
Lizenzausgabe mit freundlicher Genehmigung
von B. Schott's Söhne, Mainz
›Szenische Vorschriften zu ‹Elektra›‹ (1903)
Der Text folgt dem Band ›Dramen II‹ der
Gesammelten Werke in zehn Einzelbänden
© S. Fischer Verlag GmbH, Frankfurt am Main, 1956, 1957, 1958, 1979
Lizenzausgabe mit freundlicher Genehmigung des
S. Fischer Verlags GmbH, Frankfurt am Main
Nachwort von Mathias Mayer:
© 1994 Fischer Taschenbuch Verlag GmbH, Frankfurt am Main
Gesamtherstellung: Clausen & Bosse, Leck
Printed in Germany
ISBN 3-596-12366-6

Gedruckt auf chlor- und säurefreiem Papier

Inhalt

ELEKTRA
Tragödie in einem Aufzuge
von Hugo von Hofmannsthal.
Musik von Richard Strauss (1908)
7

Szenische Vorschriften zu ›Elektra‹
von Hugo von Hofmannsthal (1903)
57

Nachwort
von Mathias Mayer
65

ELEKTRA

Tragödie in einem Aufzuge von
Hugo von Hofmannsthal
Musik von Richard Strauss
(1908)

Dramatis Personae

KLYTÄMNESTRA	Mezzosopran
ELEKTRA ⎫ Töchter ⎧	Sopran
CHRYSOTHEMIS ⎭ ⎩	Sopran
ÄGISTH	Tenor
OREST	Bariton
DER PFLEGER DES OREST	Baß
DIE VERTRAUTE	Sopran
DIE SCHLEPPTRÄGERIN	Sopran
EIN JUNGER DIENER	Tenor
EIN ALTER DIENER	Baß
DIE AUFSEHERIN	Sopran
FÜNF MÄGDE	⎧ I. Alt ⎨ II. III. Mezzosopran ⎩ IV. V. Sopran

DIENERINNEN UND DIENER

Schauplatz der Handlung: Mykene

Der innere Hof, begrenzt von der Rückseite des Palastes und niedrigen Gebäuden, in denen die Diener wohnen. Dienerinnen am Ziehbrunnen, links vorne. Aufseherinnen unter ihnen.

ERSTE MAGD *ihr Wassergefäß aufhebend*
  Wo bleibt Elektra?
ZWEITE MAGD   Ist doch ihre Stunde,
  die Stunde wo sie um den Vater heult,
  daß alle Wände schallen.
  Elektra kommt aus der schon dunkelnden Hausflur gelaufen. Alle drehen sich nach ihr um. Elektra springt zurück wie ein Tier in seinen Schlupfwinkel, den einen Arm vor dem Gesicht.
ERSTE MAGD
  Habt ihr gesehn, wie sie uns ansah?
ZWEITE MAGD   Giftig,
  wie eine wilde Katze.
DRITTE MAGD   Neulich lag sie da
  und stöhnte –
ERSTE MAGD   Immer, wenn die Sonne tief steht,
  liegt sie und stöhnt.
DRITTE MAGD   Da gingen wir zuzweit
  und kamen ihr zu nah –
ERSTE MAGD   Sie hält's nicht aus,
  wenn man sie ansieht.
DRITTE MAGD   Ja, wir kamen ihr

zu nah. Da pfauchte sie wie eine Katze
uns an. »Fort, Fliegen!« schrie sie, »fort!«

VIERTE MAGD
»Schmeißfliegen, fort!«

DRITTE MAGD   »Sitzt nicht auf meinen Wunden!«
und schlug nach uns mit einem Strohwisch.

VIERTE MAGD
»Schmeißfliegen, fort!«

DRITTE MAGD   »Ihr sollt das Süße nicht
abweiden von der Qual. Ihr sollt nicht schmatzen
nach meiner Krämpfe Schaum.«

VIERTE MAGD   »Geht ab, verkriecht euch«,
schrie sie uns nach. »Eßt Fettes und eßt Süßes
und kriecht zu Bett mit euren Männern«, schrie sie,
und die –

DRITTE MAGD Ich war nicht faul –

VIERTE MAGD   Die gab ihr Antwort!

DRITTE MAGD

Ja: »Wenn du hungrig bist«, gab ich zur Antwort,
»so ißt du auch«, da sprang sie auf und schoß
gräßliche Blicke, reckte ihre Finger
wie Krallen gegen uns und schrie: »Ich füttre
mir einen Geier auf im Leib.«

ZWEITE MAGD
Und du?

DRITTE MAGD »Drum hockst du immerfort«, gab ich
zurück, »wo Aasgeruch dich hält und scharrst nach
einer alten Leiche!«

ZWEITE MAGD   Und was sagte sie da?

DRITTE MAGD Sie heulte nur und warf sich
in ihren Winkel.

12

ERSTE MAGD   Daß die Königin
   solch einen Dämon frei in Haus und Hof
   sein Wesen treiben läßt.
ZWEITE MAGD   Das eigne Kind!
ERSTE MAGD
   Wär sie mein Kind, ich hielte, ich – bei Gott! –
   sie unter Schloß und Riegel.
VIERTE MAGD   Sind sie dir
   nicht hart genug mit ihr? Setzt man ihr nicht
   den Napf mit Essen zu den Hunden?
   Seufzend   Hast du
   den Herrn sie nie schlagen sehn?
FÜNFTE MAGD *ganz jung, mit zitternder, erregter Stimme*
                          Ich will
   vor ihr mich niederwerfen und die Füße
   ihr küssen. Ist sie nicht ein Königskind
   und duldet solche Schmach! Ich will die Füße
   ihr salben und mit meinem Haar sie trocknen.
AUFSEHERIN *stößt sie*
   Hinein mit dir!
FÜNFTE MAGD   Es gibt nichts auf der Welt,
   das königlicher ist als sie. Sie liegt
   in Lumpen auf der Schwelle, aber niemand,
   niemand ist hier im Haus, der ihren Blick
   aushält!
AUFSEHERIN *stößt sie in die offene niedere Tür links vorne*
                Hinein!
FÜNFTE MAGD *in die Tür geklemmt*
   Ihr alle seid nicht wert,
   Die Luft zu atmen, die sie atmet! O,

könnt' ich euch alle, euch, erhängt am Halse,
in einer Scheuer Dunkel hängen sehn
um dessen willen, was ihr an Elektra
getan!

AUFSEHERIN *schlägt die Türe zu*
Hört ihr das? wir, an Elektra!
die ihren Napf von unserm Tische stieß,
als man mit uns sie essen hieß, die ausspie
vor uns und Hündinnen uns nannte.

ERSTE MAGD   Was?
Sie sagte: keinen Hund kann man erniedern,
wozu man uns hat abgerichtet: daß wir
mit Wasser und mit immer frischem
Wasser das ewige Blut des Mordes von der
Diele abspülen –

DRITTE MAGD   »Und die Schmach«, so sagte sie,
»die Schmach, die sich bei Tag und Nacht erneut,
in Winkel fegen…«

ERSTE MAGD   »Unser Leib«, so schreit sie,
»starrt von dem Unrat, dem wir dienstbar sind!«
Die Mägde tragen die Gefäße ins Haus links.

AUFSEHERIN *die ihnen die Tür aufgemacht hat*
Und wenn sie uns mit unsern Kindern sieht,
so schreit sie: »Nichts kann so verflucht sein, nichts,
als Kinder, die wir hündisch auf der Treppe
im Blute glitschernd, hier in diesem Hause
empfangen und geboren haben.« Sagt sie
das oder nicht?

ERSTE, ZWEITE, DRITTE, VIERTE MAGD *im Abgehen*
              Ja! ja!

AUFSEHERIN Sagt sie das oder nicht?
Die Aufseherin geht hinein. Die Tür fällt zu.
ERSTE, ZWEITE, DRITTE, VIERTE MAGD *alle schon drinnen*
  Ja! ja!
FÜNFTE MAGD *innen*
      Sie schlagen mich!
Elektra tritt aus dem Hause.
ELEKTRA
  Allein! Weh, ganz allein. Der Vater fort,
  hinabgescheucht in seine kalten Klüfte…
  Gegen den Boden
  Agamemnon! Agamemnon!
  Wo bist du, Vater? hast du nicht die Kraft,
  dein Angesicht herauf zu mir zu schleppen?
  Leise
  Es ist die Stunde, unsre Stunde ists,
  die Stunde, wo sie dich geschlachtet haben,
  dein Weib und der mit ihr in einem Bette,
  in deinem königlichen Bette schläft.
  Sie schlugen dich im Bade tot, dein Blut
  rann über deine Augen, und das Bad
  dampfte von deinem Blut. Dann nahm er dich,
  der Feige, bei den Schultern, zerrte dich
  hinaus aus dem Gemach, den Kopf voraus,
  die Beine schleifend hinterher: dein Auge,
  das starre, offne, sah herein ins Haus.
  So kommst du wieder, setzest Fuß vor Fuß
  und stehst auf einmal da, die beiden Augen
  weit offen, und ein königlicher Reif
  von Purpur ist um deine Stirn, der speist sich

aus des Hauptes offner Wunde.
Agamemnon! Vater!
Ich will dich sehn, laß mich heute nicht allein!
Nur so wie gestern, wie ein Schatten dort
im Mauerwinkel zeig dich deinem Kind!
Vater! Agamemnon! dein Tag wird kommen!
                    Von den Sternen
stürzt alle Zeit herab, so wird das Blut
aus hundert Kehlen stürzen auf dein Grab!
So wie aus umgeworfnen Krügen wird's
aus den gebundnen Mördern fließen,
und in einem Schwall, in einem
geschwollnen Bach wird ihres Lebens Leben
aus ihnen stürzen
Mit feierlichem Pathos

                    und wir schlachten dir
die Rosse, die im Hause sind, wir treiben
sie vor dem Grab zusammen, und sie ahnen
den Tod und wiehern in die Todesluft
und sterben. Und wir schlachten dir die Hunde,
die dir die Füße leckten,
die mit dir gejagt, denen du
die Bissen hinwarfst, darum muß ihr Blut
hinab, um dir zu Dienst zu sein, und wir, wir,
dein Blut, dein Sohn Orest und deine Töchter,
wir drei, wenn alles dies vollbracht und
Purpurgezelte aufgerichtet sind, vom Dunst
des Blutes, den die Sonne nach sich zieht,
dann tanzen wir, dein Blut, rings um dein Grab:
In begeistertem Pathos

und über Leichen hin werd' ich das Knie
hochheben Schritt für Schritt, und die mich werden
so tanzen sehn, ja, die meinen Schatten
von weitem nur so werden tanzen sehn,
die werden sagen: einem großen König
wird hier ein großes Prunkfest angestellt
von seinem Fleisch und Blut, und glücklich ist,
wer Kinder hat, die um sein hohes Grab
so königliche Siegestänze tanzen!
Agamemnon! Agamemnon!
CHRYSOTHEMIS *die jüngere Schwester, steht in der Haustüre.
Leise*
Elektra!
*Elektra fährt zusammen und starrt zuerst, wie aus einem Traum
erwachend, auf Chrysothemis.*
ELEKTRA
Ah, das Gesicht!
CHRYSOTHEMIS *steht an die Tür gedrückt*
     Ist mein Gesicht dir so verhaßt?
ELEKTRA *heftig*
Was willst du? Rede, sprich, ergieße dich,
dann geh und laß mich!
Chrysothemis hebt wie abwehrend die Hände.
ELEKTRA   Was hebst du die Hände?
So hob der Vater seine beiden Hände,
da fuhr das Beil hinab und spaltete
sein Fleisch. Was willst du? Tochter meiner
Mutter, Tochter Klytämnestras?
CHRYSOTHEMIS
Sie haben etwas Fürchterliches vor.

ELEKTRA
  Die beiden Weiber?
CHRYSOTHEMIS   Wer?
ELEKTRA   Nun, meine Mutter
  und jenes andre Weib, die Memme, ei
  Ägisth, der tapfre Meuchelmörder, er,
  der Heldentaten nur im Bett vollführt.
  Was haben sie denn vor?
CHRYSOTHEMIS   Sie werfen dich
  in einen Turm, wo du von Sonn' und Mond
  das Licht nicht sehen wirst.
  Elektra lacht.
CHRYSOTHEMIS   Sie tun's, ich weiß es,
  ich hab's gehört.
ELEKTRA   Wie hast denn du
  es hören können?
CHRYSOTHEMIS *leise* An der Tür, Elektra.
ELEKTRA *ausbrechend*
  Mach keine Türen auf in diesem Haus!
  Gepreßter Atem, pfui! und Röcheln von Erwürgten,
  nichts andres gibt's in diesen Mauern!
  Mach keine Türen auf! Schleich nicht herum,
  sitz an der Tür wie ich und wünsch den Tod
  und das Gericht herbei auf sie und ihn.
CHRYSOTHEMIS
  Ich kann nicht sitzen und ins Dunkel starren
  wie du. Ich hab's wie Feuer in der Brust,
  es treibt mich immerfort herum im Haus,
  in keiner Kammer leidet's mich, ich muß
  von einer Schwelle auf die andre, ach!

treppauf, treppab, mir ist, als rief' es mich,
und komm ich hin, so stiert ein leeres Zimmer
mich an. Ich habe solche Angst, mir zittern
die Knie bei Tag und Nacht, mir ist die Kehle
wie zugeschnürt, ich kann nicht einmal weinen,
wie Stein ist alles! Schwester, hab Erbarmen!

ELEKTRA
Mit wem?

CHRYSOTHEMIS
Du bist es, die mit Eisenklammern
mich an den Boden schmiedet. Wärst nicht du,
sie ließen uns hinaus. Wär' nicht dein Haß,
dein schlafloses unbändiges Gemüt,
vor dem sie zittern, ah, so ließen sie
uns ja heraus aus diesem Kerker, Schwester!
Leidenschaftlich
Ich will heraus! Ich will nicht jede Nacht
bis an den Tod hier schlafen! Eh' ich sterbe,
will ich auch leben!
Äußerst lebhaft und feurig
Kinder will ich haben,
bevor mein Leib verwelkt, und wär's ein Bauer,
dem sie mich geben, Kinder will ich ihm
gebären und mit meinem Leib sie wärmen
in kalten Nächten, wenn der Sturm die Hütte
zusammenschüttelt!
Hörst du mich an? Sprich zu mir, Schwester!

ELEKTRA
Armes Geschöpf!

CHRYSOTHEMIS *stets äußerst erregt*
  Hab Mitleid mit dir selber und mit mir!
  Wem frommt denn solche Qual?
  Der Vater, der ist tot. Der Bruder kommt nicht heim.
  Immer sitzen wir auf der Stange
  wie angehängte Vögel, wenden links
  und rechts den Kopf und niemand kommt, kein Bruder,
  kein Bote von dem Bruder, nicht der Bote
  von einem Boten, nichts! Mit Messern
  gräbt Tag um Tag in dein und mein Gesicht
  sein Mal und draußen geht die Sonne auf
  und ab, und Frauen, die ich schlank gekannt hab',
  sind schwer von Segen, mühn sich zum Brunnen,
  heben kaum die Eimer, und auf einmal
  sind sie entbunden ihrer Last, kommen
  zum Brunnen wieder und aus ihnen selber
  quillt süßer Trank und säugend hängt ein Leben
  an ihnen, und die Kinder werden groß –
  Nein, ich bin
  ein Weib und will ein Weiberschicksal.
  Viel lieber tot, als leben und nicht leben.
  Sie bricht in heftiges Weinen aus.
ELEKTRA
  Was heulst du? Fort! Hinein! Dort ist dein Platz!
  Es geht ein Lärm los.
  Höhnisch Stellen sie vielleicht
  für dich die Hochzeit an? ich hör sie laufen.
  Das ganze Haus ist auf. Sie kreißen oder
  sie morden. Wenn es an den Leichen mangelt,
  drauf zu schlafen, müssen sie doch morden!

CHRYSOTHEMIS

Geh fort, verkriech dich! daß sie dich nicht sieht.
Stell dich ihr heut nicht in den Weg: sie schickt
Tod aus jedem Blick. Sie hat geträumt.
Der Lärm von vielen Kommenden drinnen, allmählich näher.
Geh fort von hier. Sie kommen durch die Gänge.
Sie kommen hier vorbei. Sie hat geträumt:
ich weiß nicht, was, ich hab' es
von den Mägden gehört;
sie sagen, daß sie von Orest geträumt hat,
daß sie geschrien hat aus ihrem Schlaf,
wie einer schreit, den man erwürgt.
Fackeln und Gestalten erfüllen den Gang links von der Tür.
Sie kommen schon. Sie treibt die Mägde alle
mit Fackeln vor sich her, sie schleppen Tiere
und Opfermesser. Schwester, wenn sie zittert,
ist sie am schrecklichsten,
Dringend
geh ihr nur heut,
nur diese Stunde geh aus ihrem Weg!

ELEKTRA

Ich habe eine Lust, mit meiner Mutter
zu reden wie noch nie!
*An den grell erleuchteten Fenstern klirrt und schlürft ein hastiger Zug vorüber: es ist ein Zerren, ein Schleppen von Tieren, ein gedämpftes Keifen, ein schnell ersticktes Aufschreien, das Niedersausen einer Peitsche, ein Aufraffen, ein Weitertaumeln.
In dem breiten Fenster erscheint Klytämnestra. Ihr fahles, gedunsenes Gesicht, in dem grellen Licht der Fackeln, erscheint noch bleicher über dem scharlachroten Gewand. Sie stützt sich*

auf eine Vertraute, die dunkelviolett gekleidet ist, und auf einen elfenbeinernen, mit Edelsteinen geschmückten Stab. Eine gelbe Gestalt, mit zurückgekämmtem schwarzem Haar, einer Ägypterin ähnlich, mit glattem Gesicht, einer aufgerichteten Schlange gleichend, trägt ihr die Schleppe. Die Königin ist über und über bedeckt mit Edelsteinen und Talismanen. Ihre Arme sind voll Reifen, ihre Finger starren von Ringen. Die Lider ihrer Augen scheinen übermäßig groß, und es scheint ihr eine furchtbare Anstrengung zu kosten, sie offen zu halten.

Elektra richtet sich hoch auf.

Klytämnestra öffnet jäh die Augen, zitternd vor Zorn tritt sie ans Fenster und zeigt mit dem Stock auf Elektra.

KLYTÄMNESTRA

Was willst du? Seht doch, dort! so seht doch das!
Wie es sich aufbäumt mit geblähtem Hals
und nach mir züngelt! und das laß ich frei
in meinem Hause laufen!

Schweratmend

Wenn sie mich mit ihren Blicken töten könnte!
O Götter, warum liegt ihr so auf mir?
Warum verwüstet ihr mich so? warum
muß meine Kraft in mir gelähmt sein? warum
bin ich lebendigen Leibes wie ein wüstes
Gefild und diese Nessel wächst aus mir
heraus, und ich hab' nicht die Kraft zu jäten!
Warum geschieht mir das, ihr ewigen Götter?

ELEKTRA *ruhig*

Die Götter! bist doch selber eine Göttin,
bist, was sie sind.

KLYTÄMNESTRA *zu ihren Begleiterinnen*
               Habt ihr gehört? habt ihr
verstanden, was sie redet?
DIE VERTRAUTE   Daß auch du
vom Stamm der Götter bist.
DIE SCHLEPPTRÄGERIN *zischend* Sie meint es tückisch.
KLYTÄMNESTRA *indem ihre schweren Lider zufallen, weich*
Das klingt mir so bekannt. Und nur als hätt ich's
vergessen, lang und lang. Sie kennt mich gut.
Doch weiß man nie, was sie im Schilde führt.
Die Vertraute und die Schleppträgerin flüstern miteinander.
ELEKTRA *nähert sich langsam Klytämnestra*
Du bist nicht mehr du selber. Das Gewürm
hängt immerfort um dich. Was sie ins Ohr
dir zischen, trennt dein Denken fort und fort
entzwei, so gehst du hin im Taumel, immer
bist du, als wie im Traum.
KLYTÄMNESTRA   Ich will hinunter.
Laßt, laßt, ich will mit ihr reden.
*Sie geht vom Fenster weg und erscheint mit ihren Begleiterinnen
in der Türe, von der Türschwelle aus, etwas weicher.*
Sie ist heute
nicht widerlich. [repulsive] Sie redet wie ein Arzt.
DIE VERTRAUTE *flüsternd* Sie redet
nicht, wie sie's meint.
DIE SCHLEPPTRÄGERIN Ein jedes Wort ist Falschheit.
KLYTÄMNESTRA *auffahrend*
Ich will nichts hören! Was aus euch herauskommt,
ist nur der Atem des Ägisth.
Und wenn ich nachts euch wecke, redet ihr

nicht jede etwas andres? Schreist nicht du,
daß meine Augenlider angeschwollen
und meine Leber krank ist? Und winselst
nicht du ins andre Ohr, daß du Dämonen
gesehen hast mit langen spitzen Schnäbeln,
die mir das Blut aussaugen? zeigst du nicht
die Spuren mir an meinem Fleisch, und folg' ich
dir nicht und schlachte, schlachte, schlachte Opfer
und Opfer? Zerrt ihr mich mit euren Reden
und Gegenreden nicht zu Tod? Ich will nicht
mehr hören: das ist wahr und das ist Lüge.
Dumpf
Was die Wahrheit ist, das bringt
kein Mensch heraus. Wenn sie
zu mir redet,
Immer schwer atmend, stöhnend
was mich zu hören freut,
so will ich horchen, auf was sie redet.
Wenn einer etwas Angenehmes sagt,
Heftig
und wär' es meine Tochter, wär' es die da,
will ich von meiner Seele alle Hüllen
abstreifen und das Fächeln sanfter Luft,
von wo es kommen mag, einlassen, wie
die Kranken tun, wenn sie der kühlen Luft,
am Teiche sitzend, abends ihre Beulen
und all ihr Eiterndes der kühlen Luft
preisgeben abends... und nichts andres denken,
als Lindrung zu schaffen.
Laßt mich allein mit ihr.

Ungeduldig weist sie mit dem Stock die Vertraute und die Schleppträgerin ins Haus. Diese verschwinden zögernd in der Tür. Auch die Fackeln verschwinden, und nur aus dem Innern des Hauses fällt ein schwacher Schein durch den Flur auf den Hof und streift hie und da die Gestalten der beiden Frauen.

KLYTÄMNESTRA *kommt herab, leise*
Ich habe keine guten Nächte. Weißt du
kein Mittel gegen Träume?
ELEKTRA *näher rückend*   Träumst du, Mutter?
KLYTÄMNESTRA
Wer älter wird, der träumt. Allein, es läßt sich
vertreiben. Es gibt Bräuche.
Es muß für alles richtige Bräuche geben.
Darum bin ich so
behängt mit Steinen, denn es wohnt in jedem
ganz sicher eine Kraft. Man muß nur wissen,
wie man sie nützen kann. Wenn du nur wolltest,
du könntest etwas sagen, was mir nützt.
ELEKTRA
Ich, Mutter, ich?
KLYTÄMNESTRA *ausbrechend* Ja du! denn du bist klug.
In deinem Kopf ist alles stark.
Du könntest vieles sagen, was mir nützt.
Wenn auch ein Wort nichts weiter ist! Was ist denn
ein Hauch? und doch kriecht zwischen Tag und Nacht,
wenn ich mit offnen Augen lieg', ein Etwas
hin über mich. Es ist kein Wort, es ist
kein Schmerz, es drückt mich nicht, es würgt mich
                                              nicht,

nichts ist es, nicht einmal ein Alp, und dennoch,
es ist so fürchterlich, daß meine Seele
sich wünscht, erhängt zu sein, und jedes Glied
in mir schreit nach dem Tod, und dabei leb' ich
und bin nicht einmal krank: du siehst mich doch:
seh' ich wie eine Kranke? Kann man denn
vergehn, lebend, wie ein faules Aas?
Kann man zerfallen, wenn man gar nicht krank ist?
zerfallen wachen Sinnes, wie ein Kleid,
zerfressen von den Motten? Und dann schlaf' ich
und träume, träume, daß sich mir das Mark
in den Knochen löst, und taumle wieder auf,
und nicht der zehnte Teil der Wasseruhr
ist abgelaufen, und was unterm Vorhang
hereingrinst, ist noch nicht der fahle Morgen,
nein, immer noch die Fackel vor der Tür,
die gräßlich zuckt wie ein Lebendiges
und meinen Schlaf belauert.
Diese Träume müssen
ein Ende haben. Wer sie immer schickt:
ein jeder Dämon läßt von uns, sobald
das rechte Blut geflossen ist.

ELEKTRA   Ein jeder!
KLYTÄMNESTRA *wild*
Und müßt ich jedes Tier, das kriecht und fliegt,
zur Ader lassen und im Dampf des Blutes
aufsteh'n und schlafen gehn wie die Völker
des letzten Thule im blutroten Nebel:
ich will nicht länger träumen.

ELEKTRA   Wenn das rechte
  Blutopfer unterm Beile fällt, dann träumst du
  nicht länger!
KLYTÄMNESTRA *sehr hastig*
              Also wüßtest du, mit welchem
  geweihten Tier? –
ELEKTRA *geheimnisvoll lächelnd*
                    Mit einem ungeweihten!
KLYTÄMNESTRA
  Das drin gebunden liegt?
ELEKTRA   Nein! es läuft frei.
KLYTÄMNESTRA *begierig*
  Und was für Bräuche?
ELEKTRA   Wunderbare Bräuche,
  und sehr genau zu üben.
KLYTÄMNESTRA *heftig*   Rede doch!
ELEKTRA
  Kannst du mich nicht erraten?
KLYTÄMNESTRA   Nein, darum frag' ich.
Elektra gleichsam feierlich beschwörend
  Den Namen sag des Opfertiers.
ELEKTRA   Ein Weib.
KLYTÄMNESTRA *hastig*
  Von meinen Dienerinnen eine, sag!
  ein Kind? ein jungfräuliches Weib? ein Weib,
  das schon erkannt vom Manne?
ELEKTRA *ruhig*   Ja! erkannt!
  das ist's!
KLYTÄMNESTRA
        Und wie das Opfer? und welche Stunde?
  und wo?

27

ELEKTRA *ruhig*

  An jedem Ort, zu jeder Stunde
des Tags und der Nacht.
KLYTÄMNESTRA   Die Bräuche sag!
Wie bräcv' ich's dar? ich selber muß –
ELEKTRA   Nein. Diesmal
gehst du nicht auf die Jagd mit Netz und Beil.
KLYTÄMNESTRA
Wer denn? wer bräcv' es dar?
ELEKTRA   Ein Mann.
KLYTÄMNESTRA   Ägisth?
ELEKTRA *lacht*
Ich sagte doch: ein Mann!
KLYTÄMNESTRA   Wer? gib mir Antwort.
Vom Hause jemand? oder muß ein Fremder
herbei?
ELEKTRA *zu Boden stierend, wie abwesend*
  Ja, ja, ein Fremder. Aber freilich
ist er vom Haus.
KLYTÄMNESTRA   Gib mir nicht Rätsel auf.
Elektra, hör' mich an. Ich freue mich,
daß ich dich heut einmal nicht störrisch finde.
ELEKTRA *leise*
Läßt du den Bruder nicht nach Hause, Mutter?
KLYTÄMNESTRA
Von ihm zu reden hab' ich dir verboten.
ELEKTRA
So hast du Furcht vor ihm?
KLYTÄMNESTRA   Wer sagt das?

ELEKTRA Mutter,
du zitterst ja!
KLYTÄMNESTRA Wer fürchtet sich
vor einem Schwachsinnigen.
ELEKTRA Wie?
KLYTÄMNESTRA Es heißt,
er stammelt, liegt im Hof bei den Hunden
und weiß nicht Mensch und Tier zu unterscheiden.
ELEKTRA
Das Kind war ganz gesund.
KLYTÄMNESTRA Es heißt, sie gaben
ihm eine schlechte Wohnung und Tiere
des Hofes zur Gesellschaft.
ELEKTRA Ah!
KLYTÄMNESTRA *mit gesenkten Augenlidern*
Ich schickte
viel Gold und wieder Gold, sie sollten ihn
gut halten wie ein Königskind.
ELEKTRA Du lügst!
Du schicktest Gold, damit sie ihn erwürgen.
KLYTÄMNESTRA
Wer sagt dir das?
ELEKTRA Ich seh's in deinen Augen.
Allein an deinem Zittern seh ich auch,
daß er noch lebt. Daß du bei Tag und Nacht
an nichts denkst als an ihn. Daß dir das Herz
verdorrt vor Grauen, weil du weißt: er kommt.
KLYTÄMNESTRA
Was kümmert mich, wer außer Haus ist.

Ich lebe hier und bin die Herrin. Diener
hab' ich genug, die Tore zu bewachen,
und wenn ich will, laß ich bei Tag und Nacht
vor meiner Kammer drei Bewaffnete
mit offenen Augen sitzen.
Und aus dir
bring' ich so oder so das rechte Wort
schon an den Tag. Du hast dich schon verraten,
daß du das rechte Opfer weißt und auch
die Bräuche, die mir nützen. Sagst du's nicht
im Freien, wirst du's an der Kette sagen.
Sagst du's nicht satt, so sagst du's hungernd. Träume
sind etwas, das man los wird. Wer dran leidet
und nicht das Mittel findet, sich zu heilen,
ist nur ein Narr. Ich finde mir heraus,
wer bluten muß, damit ich wieder schlafe.

ELEKTRA *mit einem Sprung aus dem Dunkel auf Klytämnestra
zu, immer näher an ihr, immer furchtbarer anwachsend*
Was bluten muß? Dein eigenes Genick, [nape of neck]
wenn dich der Jäger abgefangen hat!
Ich hör' ihn durch die Zimmer gehn, ich hör' ihn
den Vorhang von dem Bette heben: wer schlachtet
ein Opfertier im Schlaf! Er jagt dich auf,
er treibt dich durch das Haus! Willst du nach rechts,
da steht das Bett! Nach links, da schäumt das Bad
wie Blut! Das Dunkel und die Fackeln werfen
schwarzrote Todesnetze über dich –

*Klytämnestra, von sprachlosem Grauen geschüttelt, will ins
Haus. Elektra zerrt sie am Gewand nach vorn. Klytämnestra
weicht gegen die Mauer zurück. Ihre Augen sind weit aufgerissen, der Stock entfällt ihren zitternden Händen.*

Hinab die Treppe durch Gewölbe hin,
Gewölbe nach Gewölbe geht die Jagd –
Und ich! ich! ich, die ihn dir geschickt,
ich bin wie ein Hund an deiner Ferse,
willst du in eine Höhle, spring' ich dich
von seitwärts an, so treiben wir dich fort –
bis eine Mauer alles sperrt und dort
im tiefsten Dunkel, doch ich seh' ihn wohl,
ein Schatten und doch Glieder und das Weiße
von einem Auge doch, da sitzt der Vater:
er achtet's nicht und doch muß es geschehn:
zu seinen Füßen drücken wir dich hin –
Du möchtest schreien, doch die Luft erwürgt
den ungebornen Schrei und läßt ihn lautlos
zu Boden fallen. Wie von Sinnen hältst du
den Nacken hin, fühlst schon die Schärfe zucken
bis in den Sitz des Lebens, doch er hält
den Schlag zurück: die Bräuche sind noch nicht erfüllt.
Alles schweigt, du hörst dein eignes Herz
an deinen Rippen schlagen: Diese Zeit
– sie dehnt sich vor dir wie ein finstrer Schlund
von Jahren. – Diese Zeit ist dir gegeben,
zu ahnen, wie es Scheiternden zumute ist,
wenn ihr vergebliches Geschrei die Schwärze
der Wolken und des Todes zerfrißt, diese Zeit
ist dir gegeben, alle zu beneiden,
die angeschmiedet sind an Kerkermauern,
die auf dem Grund von Brunnen nach dem Tod
als wie nach Erlösung schrei'n – denn du,
du liegst in deinem Selbst so eingekerkert,

als wär's der glühende Bauch von einem Tier
von Erz – und, so wie jetzt kannst du nicht schrein!
Da steh' ich
vor dir, und nun liest du mit starrem Aug'
das ungeheure Wort, das mir in mein
Gesicht geschrieben ist:
Erhängt ist dir die Seele in der selbst-
gedrehten Schlinge, sausend fällt das Beil,
und ich steh' da und seh' dich endlich sterben!
Dann träumst du nicht mehr, dann brauche ich
nicht mehr zu träumen, und wer dann noch lebt,
der jauchzt und kann sich seines Lebens freun!
Sie stehen einander, Elektra in wildester Trunkenheit, Klytämnestra gräßlich atmend vor Angst, Aug' in Aug'. In diesem Augenblick erhellt sich der Hausflur. Die Vertraute kommt hergelaufen. Sie flüstert Klytämnestra etwas ins Ohr. Diese scheint erst nicht recht zu verstehn. Allmählich kommt sie zu sich. Sie winkt: Lichter! Es treten Dienerinnen mit Fackeln heraus und stellen sich hinter Klytämnestra. Klytämnestra winkt: Mehr Lichter! Es kommen immer mehr heraus, stellen sich hinter Klytämnestra, so daß der Hof voll von Licht wird und rotgelber Schein an die Mauern flutet. Nun verändern sich ihre Züge allmählich, und die Spannung des Grauens weicht einem bösen Triumph. Sie läßt sich die Botschaft abermals zuflüstern und verliert dabei Elektra keinen Augenblick aus dem Auge. Ganz bis an den Hals sich sättigend mit wilder Freude, streckt sie die beiden Hände drohend gegen Elektra. Dann hebt ihr die Vertraute den Stock auf und, auf beide sich stützend, eilig, gierig, an den Stufen ihr

Gewand aufraffend, läuft sie ins Haus. Die Dienerinnen mit den Lichtern, wie gejagt, hinter ihr drein.

ELEKTRA

Was sagen sie ihr denn? sie freut sich ja!
Mein Kopf! Mir fällt nichts ein. Worüber freut sich
das Weib?
Chrysothemis kommt, laufend, zur Hoftür herein, laut heulend wie ein verwundetes Tier.

ELEKTRA   Chrysothemis! Schnell, schnell, ich brauche
Aushilfe. Sag mir etwas auf der Welt,
worüber man sich freuen kann!

CHRYSOTHEMIS *schreiend*   Orest!
Orest ist tot!

ELEKTRA *winkt ihr ab, wie von Sinnen*
Sei still!

CHRYSOTHEMIS   Orest ist tot!
Elektra bewegt die Lippen.

CHRYSOTHEMIS

Ich kam hinaus, da wußten sie's schon! Alle
standen herum, und alle wußten's schon,
nur wir nicht.

ELEKTRA *dumpf* Niemand weiß es.

CHRYSOTHEMIS   Alle wissen's!

ELEKTRA

Niemand kann's wissen: denn es ist nicht wahr.
Chrysothemis wirft sich verzweifelt auf den Boden.

ELEKTRA *Chrysothemis emporreißend*

Es ist nicht wahr! ich sag dir doch! ich sag' dir doch,
es ist nicht wahr!

CHRYSOTHEMIS
Die Fremden standen an der Wand, die Fremden,
die hergeschickt sind, es zu melden: zwei,
ein Alter und ein Junger. Allen hatten
sie's schon erzählt, im Kreise standen alle
um sie herum und alle
Mit Anstrengung
       alle wußten es schon
ELEKTRA *mit höchster Kraft* Es ist nicht wahr!
CHRYSOTHEMIS
An uns denkt niemand. Tot! Elektra, tot!
Gestorben in der Fremde! Tot!
Gestorben dort in fremdem Land
von seinen Pferden erschlagen und geschleift.
Sie sinkt vor der Schwelle des Hauses an Elektras Seite in wilder Verzweiflung hin.

ELEKTRA
Es ist nicht wahr!
CHRYSOTHEMIS Nur uns erzählt man's nicht!
An uns denkt niemand. Tot! Elektra, tot!
EIN JUNGER DIENER *kommt eilig aus dem Haus, stolpert über die vor der Schwelle Liegende hinweg*
Platz da! Wer lungert so vor einer Tür?
Ah, konnt mir's denken! Heda, Stallung! he!
EIN ALTER DIENER *finsteren Gesichts, zeigt sich an der Hoftür*
      Was soll's im Stall?
JUNGER DIENER   Gesattelt
soll werden, und so rasch als möglich! hörst du?
ein Gaul, ein Maultier, oder meinetwegen
auch eine Kuh, nur rasch!

ALTER DIENER Für wen?
JUNGER DIENER Für den,
  der dir's befiehlt. Da glotzt er! Rasch, für mich!
  Sofort! für mich! Trab, trab! Weil ich hinaus muß
  aufs Feld, den Herren holen, weil ich ihm
  Botschaft zu bringen habe, große Botschaft,
  wichtig genug, um eine eurer Mähren
  zutod *Im Abgehen* zu reiten.
  Auch der alte Diener verschwindet.
ELEKTRA *vor sich hin, leise und sehr energisch*
  Nun muß es hier von uns geschehn.
CHRYSOTHEMIS *verwundert fragend*
  Elektra?
ELEKTRA *alles in fliegender Hast*
  Wir!
  Wir beide müssen's tun.
CHRYSOTHEMIS
  Was, Elektra?
ELEKTRA *leise*
  Am besten heut, am besten diese Nacht.
CHRYSOTHEMIS
  Was, Schwester?
ELEKTRA Was? Das Werk, das nun auf uns
  gefallen ist,
  Sehr schmerzlich
  weil er nicht kommen kann
  und ungetan es ja nicht bleiben darf.
CHRYSOTHEMIS
  Was für ein Werk?
ELEKTRA Nun müssen du und ich

hingehen und das Weib und ihren Mann
erschlagen.
CHRYSOTHEMIS *leise schaudernd*
             Schwester, sprichst du von der Mutter?
ELEKTRA *wild*
 Von ihr. Und auch von ihm. Ganz ohne Zögern
 muß es geschehn.
 Schweig still. Zu sprechen ist nichts.
 Nichts gibt es zu bedenken, als nur: wie?
 wie wir es tun.
CHRYSOTHEMIS Ich?
ELEKTRA   Ja. Du und ich.
 Wer sonst?
CHRYSOTHEMIS *entsetzt*
 Wir? Wir beide sollen hingehn? Wir? wir zwei?
 mit unsern beiden Händen?
ELEKTRA   Dafür laß
 du mich nur sorgen.
 Geheimnisvoll
 Das Beil *Stärker* das Beil, womit der Vater –
CHRYSOTHEMIS   Du?
 Entsetzliche, du hast es?
ELEKTRA   Für den Bruder
 bewahrt' ich es. Nun müssen wir es schwingen.
CHRYSOTHEMIS
 Du? Diese Arme den Ägisth erschlagen?
ELEKTRA *wild*
 Erst sie, dann ihn; erst ihn, dann sie, gleichviel.
CHRYSOTHEMIS
 Ich fürchte mich.

ELEKTRA
 Es schläft niemand in ihrem Vorgemach.
CHRYSOTHEMIS
 Im Schlaf sie morden!
ELEKTRA
 Wer schläft, ist ein gebundnes Opfer. Schliefen
 sie nicht zusamm', könnt ich's allein vollbringen.
 So aber mußt du mit.
CHRYSOTHEMIS *abwehrend*
                    Elektra!
ELEKTRA   Du! Du!
 denn du bist stark!
 Dicht an Chrysothemis
                 Wie stark du bist! dich haben
 die jungfräulichen Nächte stark gemacht.
 Überall ist so viel Kraft in dir!
 Sehnen hast du wie ein Füllen,
 schlank sind deine Füße.
 Wie schlank und biegsam –
 leicht umschling ich sie, –
 deine Hüften sind!
 Du windest dich durch jeden Spalt, du hebst dich
 durchs Fenster! Laß mich deine Arme fühlen:
 wie kühl und stark sie sind! Wie du mich abwehrst,
 fühl' ich, was das für Arme sind. Du könntest
 erdrücken, was du an dich ziehst. Du könntest
 mich, oder einen Mann in deinen Armen ersticken!
 Überall ist so viel Kraft in dir!
 Sie strömt wie kühles,
 verhaltnes Wasser aus dem Fels. Sie flutet

mit deinen Haaren auf die starken Schultern herab!
Ich spüre durch die Kühle deiner Haut
das warme Blut hindurch, mit meiner Wange
spür' ich den Flaum auf deinen jungen Armen:
Du bist voller Kraft, du bist schön,
du bist wie eine Frucht an der Reife Tag.

CHRYSOTHEMIS
Laß mich!
ELEKTRA   Nein, ich halte dich!
Mit meinen traurigen verdorrten Armen
umschling ich deinen Leib, wie du dich sträubst,
ziehst du den Knoten nur noch fester, ranken
will ich mich rings um dich, versenken
meine Wurzeln in dich und mit meinem Willen
dir impfen das Blut!

CHRYSOTHEMIS
                Laß mich!
Sie flüchtet ein paar Schritte.
ELEKTRA *wild ihr nach, faßt sie am Gewand*
Nein! ich laß dich nicht!

CHRYSOTHEMIS
Elektra, hör' mich.
Du bist so klug, hilf uns aus diesem Haus,
hilf uns ins Freie. Elektra, hilf uns, hilf uns ins Freie!

ELEKTRA
Von jetzt an will ich deine Schwester sein,
so wie ich niemals deine Schwester war!
Getreu will ich mit dir in deiner Kammer sitzen
und warten auf den Bräutigam. Für ihn
will ich dich salben, und ins duftige Bad

sollst du mir tauchen wie der junge Schwan
und deinen Kopf an meiner Brust verbergen,
bevor er dich, die durch den Schleier glüht
wie eine Fackel, in das Hochzeitsbett
mit starken Armen zieht.

CHRYSOTHEMIS *schließt die Augen*
                              Nicht, Schwester, nicht.
Sprich nicht ein solches Wort in diesem Haus.

ELEKTRA
  O ja! weit mehr als Schwester bin ich dir
  von diesem Tage an: ich diene dir
  wie eine Sklavin. Wenn du liegst in Weh'n,
  steh ich an deinem Bette Tag und Nacht,
  wehr' dir die Fliegen, schöpfe kühles Wasser,
  und wenn auf einmal auf dem nackten Schoß
  dir ein Lebendiges liegt, erschreckend fast,
  so heb' ich's empor, so hoch, damit
  sein Lächeln hoch von oben in die tiefsten,
  geheimsten Klüfte deiner Seele fällt
  und dort das letzte, eisig Gräßliche
  vor dieser Sonne schmilzt und du's in hellen
  Tränen ausweinen kannst.

CHRYSOTHEMIS   O bring mich fort!
  Ich sterb' in diesem Haus!

ELEKTRA *an ihren Knien*   Dein Mund ist schön,
  wenn er sich einmal auftut, um zu zürnen!
  Aus deinem reinen starken Mund muß furchtbar
  ein Schrei hervorsprüh'n, furchtbar wie der Schrei
  der Todesgöttin, wenn man unter dir
  so daliegt, wie nun ich.

CHRYSOTHEMIS
Was redest du?
ELEKTRA *aufstehend*
                    Denn eh' du diesem Haus
und mir entkommst, mußt du es tun!
Chrysothemis will reden.
ELEKTRA *hält ihr den Mund zu*   Dir führt
kein Weg hinaus als der. Ich laß dich nicht,
eh du mir Mund auf Mund es zugeschworen,
daß du es tun wirst.
CHRYSOTHEMIS *windet sich los*
                Laß mich!
ELEKTRA *faßt sie wieder*   Schwör, du kommst
heut nacht, wenn alles still ist, an den Fuß
der Treppe.
CHRYSOTHEMIS
                Laß mich!
ELEKTRA *hält sie am Gewand*
                    Mädchen, sträub' dich nicht!
es bleibt kein Tropfen Blut am Leibe haften:
schnell schlüpfst du aus dem blutigen Gewand
mit reinem Leib ins hochzeitliche Hemd.
CHRYSOTHEMIS
Laß mich!
ELEKTRA *immer dringender*
        Sei nicht zu feige! Was du jetzt
an Schaudern überwindest, wird vergolten
mit Wonneschaudern Nacht für Nacht –
CHRYSOTHEMIS   Ich kann nicht!

ELEKTRA
Sag, daß du kommen wirst!
CHRYSOTHEMIS   Ich kann nicht!
ELEKTRA   Sieh,
ich lieg' vor dir, ich küsse deine Füße!
CHRYSOTHEMIS
Ich kann nicht! *Ins Haustor entspringend.*
ELEKTRA *ihr nach* Sei verflucht!
Mit wilder Entschlossenheit
                        Nun denn allein!
Sie fängt an, der Wand des Hauses, seitwärts der Türschwelle, eifrig zu graben an, lautlos, wie ein Tier. Hält mit Graben inne, sieht sich um, gräbt wieder. Elektra sieht sich von neuem um und lauscht, Elektra gräbt weiter.
Orest steht in der Hoftür, von der letzten Helle sich schwarz abhebend. Er tritt herein. Elektra blickt auf ihn. Er dreht sich langsam um, so daß sein Blick auf sie fällt. Elektra fährt heftig auf.
ELEKTRA *zitternd*
Was willst du, fremder Mensch? was treibst du dich
zur dunklen Stunde hier herum, belauerst,
was andre tun!
Ich hab hier ein Geschäft. Was kümmert's dich!
Laß mich in Ruh'.
OREST
Ich muß hier warten.
ELEKTRA   Warten?
OREST   Doch du bist
hier aus dem Haus? bist eine von den Mägden
des Hauses?

ELEKTRA   Ja, ich diene hier im Haus.
Du aber hast hier nichts zu schaffen. Freu dich
und geh.
OREST   Ich sagte dir, ich muß hier warten,
bis sie mich rufen.
ELEKTRA   Die da drinnen?
Du lügst. Weiß ich doch gut, der Herr ist nicht zu Haus.
Und sie, was sollte sie mit dir?
OREST   Ich und noch einer,
der mit mir ist, wir haben einen Auftrag
hier an die Frau.
Elektra schweigt.
OREST   Wir sind an sie geschickt,
weil wir bezeugen können, daß ihr Sohn
Orest gestorben ist vor unsren Augen.
Denn ihn erschlugen seine eignen Pferde.
Ich war so alt wie er, und sein Gefährte
bei Tag und Nacht.
ELEKTRA   Muß ich dich
noch sehn? schleppst du dich hierher
in meinen traurigen Winkel,
Herold des Unglücks! Kannst du nicht die Botschaft
austrompeten dort, wo sie sich freu'n!
Dein Aug da starrt mich an und seins ist Gallert.
Dein Mund geht auf und zu und seiner ist
mit Erde vollgepfropft.
Du lebst und er, der besser war als du
und edler tausendmal, und tausendmal so wichtig,
daß er lebte, er ist hin.

42

OREST *ruhig*

Laß den Orest. Er freute sich zu sehr
an seinem Leben. Die Götter droben
vertragen nicht zu sehr den allzu hellen Laut
der Lust. So mußte er denn sterben.

ELEKTRA

Doch ich! doch ich! da liegen und
zu wissen, daß das Kind nie wiederkommt,
nie wiederkommt,
daß das Kind da drunten in den Klüften
des Grausens lungert, daß die da drinnen
leben und sich freuen,
daß dies Gezücht in seiner Höhle lebt
und ißt und trinkt und schläft –
und ich hier droben, wie nicht das Tier des Waldes
einsam und gräßlich lebt – ich hier droben allein.

OREST Wer bist denn du?

ELEKTRA Was kümmert's
dich, wer ich bin?

OREST Du mußt verwandtes Blut zu denen sein,
die starben, Agamemnon und Orest.

ELEKTRA

Verwandt? ich bin dies Blut! ich bin das hündisch
vergossene Blut des Königs Agamemnon!
Elektra heiß' ich.

OREST   Nein!

ELEKTRA   Er leugnet's ab.
Er bläst auf mich und nimmt mir meinen Namen.

OREST Elektra!

ELEKTRA Weil ich nicht Vater hab'.

OREST Elektra!
ELEKTRA Noch Bruder, bin ich der Spott der Buben!
OREST Elektra! Elektra!
  So seh' ich sie? ich seh' sie wirklich? du?
  So haben sie dich darben lassen oder –
  sie haben dich geschlagen?
ELEKTRA Laß mein Kleid, wühl nicht mit deinem Blick
                                          daran.
OREST Was haben sie gemacht mit deinen Nächten?
  Furchtbar sind deine Augen.
ELEKTRA Laß mich!
OREST Hohl sind deine Wangen!
ELEKTRA Geh' ins Haus,
  drin hab' ich eine Schwester, die bewahrt sich
  für Freudenfeste auf!
OREST Elektra, hör mich!
ELEKTRA Ich will nicht wissen, wer du bist.
  Ich will niemand sehn!
OREST Hör mich an, ich hab' nicht Zeit.
  Hör zu: *Leise* Orestes lebt!
ELEKTRA *wirft sich herum*
OREST Wenn du dich regst, verrätst du ihn.
ELEKTRA So ist er frei? wo ist er?
OREST Er ist unversehrt
  wie ich.
ELEKTRA So rett' ihn doch, bevor sie ihn
  erwürgen.
OREST Bei meines Vaters Leichnam! dazu kam ich her!
ELEKTRA *von seinem Ton getroffen*
  Wer bist denn du?

Der alte finstre Diener stürzt gefolgt von drei anderen Dienern aus dem Hof lautlos herein, wirft sich vor Orest nieder, küßt seine Füße, die anderen Orests Hände und den Saum seines Gewandes.

ELEKTRA *kaum ihrer mächtig*
Wer bist du denn? Ich fürchte mich.

OREST *sanft* Die Hunde auf dem Hof erkennen mich, und meine Schwester nicht?

ELEKTRA *aufschreiend* Orest!
Ganz leise, bebend
Orest! Orest! Orest!
Es rührt sich niemand! O laß deine Augen
mich sehen, Traumbild, mir geschenktes
Traumbild, schöner als alle Träume!
Hehres, unbegreifliches, erhabenes Gesicht,
o bleib bei mir! Lös' nicht
in Luft dich auf, vergeh mir nicht,
es sei denn, daß ich jetzt gleich
sterben muß und du dich anzeigst
und mich holen kommst: dann sterbe ich
seliger, als ich gelebt! Orest! Orest!
Orest neigt sich zu ihr, sie zu umarmen.
Heftig
Nein, du sollst mich nicht umarmen!
Tritt weg, ich schäme mich vor dir. Ich weiß nicht,
wie du mich ansiehst.
Ich bin nur mehr der Leichnam deiner Schwester,
mein armes Kind. Ich weiß, *Leise* es schaudert dich
vor mir, und war doch eines Königs Tochter!

Ich glaube, ich war schön: wenn ich die Lampe
ausblies vor meinem Spiegel, fühlt' ich es
mit keuschem Schauer. Ich fühlt' es,
wie der dünne Strahl des Mondes
in meines Körpers weißer Nacktheit badete,
so wie in einem Weiher, und mein Haar
war solches Haar, vor dem die Männer zittern,
dies Haar, versträhnt, beschmutzt, erniedrigt.
Verstehst du's, Bruder? Ich habe Alles,
was ich war, hingeben müssen. Meine Scham
hab' ich geopfert, die Scham, die süßer
als Alles ist, die Scham, die wie der Silberdunst,
der milchige, des Monds um jedes Weib
herum ist und das Gräßliche von ihr
und ihrer Seele weghält. Verstehst du's, Bruder?
Diese süßen Schauder hab' ich dem Vater
opfern müssen. Meinst du,
wenn ich an meinem Leib mich freute, drangen
seine Seufzer, drang nicht sein Stöhnen
an mein Bette? *Düster* Eifersüchtig sind
die Toten: und er schickte mir den Haß,
den hohläugigen Haß als Bräutigam.
So bin ich eine Prophetin immerfort gewesen
und habe nichts hervorgebracht aus mir
und meinem Leib als Flüche und Verzweiflung!
Was schaust du ängstlich um dich? sprich zu mir!
sprich doch! Du zitterst ja am ganzen Leib?
OREStes Laß zittern diesen Leib! Er ahnt,
welchen Weg ich ihn führe.
ELEKTRA Du wirst es tun? Allein? Du armes Kind?

OREST

Die diese Tat mir auf-
  erlegt,
Die Götter werden da
  sein, mir zu helfen.

Ich will es tun,
ich will es eilig tun.

Ich werde es tun!

Ich werde es tun!
ELEKTRA *sehr schwungvoll*
Der ist selig, der seine Tat zu tun kommt,
selig der, der ihn ersehnt,
selig, der ihn erschaut.
Selig, wer ihn erkennt,
selig, wer ihn berührt.
Selig, wer ihm das Beil aus der Erde gräbt,
selig, wer ihm die Fackel hält,
selig, wer ihm öffnet die Tür.

ELEKTRA

Du wirst es tun!
Der ist selig, der tun
  darf.

Die Tat ist wie ein
  Bette,
auf dem die Seele
  ausruht,
wie ein Bett von
  Balsam,
drauf die Seele ruhen
  kann,
die eine Wunde ist,
  ein Brand,
ein Eiter, eine Flamme!

Der Pfleger Orests steht in der Hoftür, ein starker Greis mit blitzenden Augen.

DER PFLEGER *hastig auf sie zu*
Seid ihr von Sinnen, daß ihr euren Mund
nicht bändigt, wo ein Hauch, ein Laut, ein Nichts
uns und das Werk verderben kann.
Zu Orest in fliegender Eile
Sie wartet drinnen, ihre Mägde suchen nach dir.
Es ist kein Mann im Haus, Orest!
Orest reckt sich auf, seinen Schauder bezwingend. Die Tür des Hauses erhellt sich, und es erscheint eine Dienerin mit einer Fackel, hinter ihr die Vertraute. Elektra ist zurückgesprungen, steht im Dunkel. Die Vertraute verneigt sich gegen die beiden Fremden, winkt, ihr hinein zu folgen. Die Dienerin befestigt die Fackel an einem eisernen Ring im Türpfosten. Orest und der Pfleger gehen hinein. Orest schließt einen Augenblick, schwindelnd, die Augen, der Pfleger ist dicht hinter ihm, sie tauschen einen schnellen Blick. Die Tür schließt sich hinter ihnen.

ELEKTRA *allein, in entsetzlicher Spannung. Sie läuft auf einem Strich vor der Tür hin und her, mit gesenktem Kopf, wie das gefangene Tier im Käfig. Plötzlich steht sie still.*
Ich habe ihm das Beil nicht geben können!
Sie sind gegangen, und ich habe ihm
das Beil nicht geben können. Es sind keine
Götter im Himmel!
Abermals ein furchtbares Warten. Von ferne tönt drinnen, gellend, der Schrei Klytämnestras.

ELEKTRA *schreit auf wie ein Dämon*
                    Triff noch einmal!
Von drinnen ein zweiter Schrei.

Aus dem Wohngebäude links kommen Chrysothemis und eine Schar Dienerinnen heraus.
Elektra steht in der Tür, mit dem Rücken an die Tür gepreßt.

CHRYSOTHEMIS
  Es muß etwas geschehen sein.
ERSTE MAGD   Sie schreit
  so aus dem Schlaf.
ZWEITE MAGD   Es müssen Männer drin sein.
  Ich habe Männer gehen hören.
DRITTE MAGD   Alle
  die Türen sind verriegelt.
VIERTE MAGD *schreiend*   Es sind Mörder!
  Es sind Mörder im Haus!
ERSTE *schreit auf*   Oh!
ALLE   Was ist?
ERSTE MAGD
  Seht ihr denn nicht: dort in der Tür steht einer!
CHRYSOTHEMIS
  Das ist Elektra! das ist ja Elektra!
ERSTE UND ZWEITE MAGD
  Elektra! Elektra!
  Warum spricht sie denn nicht?
CHRYSOTHEMIS Elektra
  warum sprichst du denn nicht?
VIERTE MAGD   Ich will hinaus
  und Männer holen.
  Läuft rechts hinaus.
CHRYSOTHEMIS   Mach uns doch die Tür auf,
  Elektra!

MEHRERE DIENERINNEN
  Elektra, laß uns in das Haus!
VIERTE MAGD *zurückkommend*
                    Zurück!
  Alle erschrecken.
VIERTE MAGD
  Ägisth! Zurück in unsre Kammern! schnell!
  Ägisth kommt durch den Hof! Wenn er uns findet
  und wenn im Hause was geschehen ist,
  läßt er uns töten.
CHRYSOTHEMIS
  Zurück!
ALLE
  Zurück! zurück! zurück!
  Sie verschwinden im Hause links.
  Ägisth tritt rechts durch die Hoftür auf.
ÄGISTH *an der Tür stehenbleibend*
  He! Lichter! Lichter!
ÄGISTH *am Eingang rechts*
  Ist niemand da, zu leuchten? Rührt sich keiner
  von allen diesen Schuften? Kann das Volk
  keine Zucht annehmen?
  *Elektra nimmt die Fackel aus dem Ring, läuft hinunter, ihm
  entgegen und neigt sich vor ihm.*
ÄGISTH *erschrickt vor der wirren Gestalt im zuckenden Licht,
  weicht zurück*
  Was ist das für ein unheimliches Weib?
  Ich hab' verboten, daß ein unbekanntes
  Gesicht mir in die Nähe kommt!
  Erkennt sie, zornig   Was, du?

Wer heißt dich, mir entgegentreten?
ELEKTRA   Darf ich
nicht leuchten?
ÄGISTH   Nun, dich geht die Neuigkeit
ja doch vor allen an. Wo find ich denn
die fremden Männer, die das von Orest
uns melden?
ELEKTRA   Drinnen. Eine liebe Wirtin
fanden sie vor, und sie ergetzen sich
mit ihr.
ÄGISTH   Und melden also wirklich, daß er
gestorben ist, und melden so, daß nicht
zu zweifeln ist?
ELEKTRA   O Herr, sie melden's nicht
mit Worten bloß, nein, mit leibhaftigen Zeichen,
an denen auch kein Zweifel möglich ist.
ÄGISTH
Was hast du in der Stimme? Und was ist
in dich gefahren, daß du nach dem Mund
mir redest? Was taumelst du so hin
und her mit deinem Licht?
ELEKTRA   Es ist nichts andres,
als daß ich endlich klug ward und zu denen
mich halte, die die Stärkern sind. Erlaubst du,
daß ich voran dir leuchte?
ÄGISTH *etwas zaudernd*   Bis zur Tür.
Was tanzest du? Gib Obacht.
ELEKTRA *indem sie ihn, wie in einem unheimlichen Tanz, umkreist, sich plötzlich tief bückend*
                      Hier! die Stufen,
daß du nicht fällst.

ÄGISTH *an der Haustür*
>Warum ist hier kein Licht?
Wer sind die dort?
ELEKTRA Die sind's, die in Person
dir aufzuwarten wünschen, Herr. Und ich,
die so oft durch freche unbescheidne Näh'
dich störte, will nun endlich lernen, mich
im rechten Augenblick zurückzuziehen.
ÄGISTH *geht ins Haus. Stille. Dann Lärm drinnen. Ägisth erscheint an einem kleinen Fenster, reißt den Vorhang weg, schreiend*
Helft! Mörder! helft dem Herren! Mörder,
sie morden mich!
Hört mich niemand? hört
mich niemand?
Er wird weggezerrt.
ELEKTRA *reckt sich auf* Agamemnon hört dich!
Noch einmal erscheint Ägisths Gesicht am Fenster.
ÄGISTH Weh mir!
Er wird fortgerissen.
Elektra steht, furchtbar atmend, gegen das Haus gekehrt.
Die Frauen kommen wild herausgelaufen, Chrysothemis unter ihnen. Wie besinnungslos laufen sie gegen die Hoftür. Dort machen sie plötzlich halt, wenden sich.
CHRYSOTHEMIS
Elektra! Schwester! komm mit uns! o komm
mit uns! es ist der Bruder drin im Haus!
es ist Orest, der es getan hat!
Getümmel im Hause, Stimmengewirr, aus dem sich ab und zu die Rufe des Chors »Orest« bestimmter abheben.

Komm!
Er steht im Vorsaal, alle sind um ihn,
und küssen seine Füße.
*Das Kampfgetöse, der tödliche Kampf zwischen den zu Orest
haltenden Sklaven und den Angehörigen des Ägisth, hat sich
allmählich in die innern Höfe gezogen, mit denen die Hoftür
rechts kommuniziert.*
Alle, die
Ägisth von Herzen haßten, haben sich
geworfen auf die andern, überall
in allen Höfen liegen Tote, alle,
die leben, sind mit Blut bespritzt und haben
selbst Wunden, und doch strahlen alle, alle
umarmen sich und jauchzen, tausend Fackeln –
*Draußen wachsender Lärm, der sich jedoch, wenn Elektra be-
ginnt, mehr und mehr nach den äußeren Höfen rechts und im
Hintergrunde verzogen hat. Die Frauen sind hinausgelaufen,
Chrysothemis allein, von draußen fällt Licht herein.*
sind angezündet. Hörst du nicht? So hörst
du denn nicht?

ELEKTRA *auf der Schwelle kauernd*
Ob ich nicht höre? ob ich die
Musik nicht höre? sie kommt doch aus mir.
Die Tausende, die Fackeln tragen
und deren Tritte, deren uferlose
Myriaden Tritte überall die Erde
dumpf dröhnen machen, alle warten
auf mich: ich weiß doch, daß sie alle warten,
weil ich den Reigen führen muß, und ich
kann nicht, der Ozean, der ungeheure,

der zwanzigfache Ozean begräbt
mir jedes Glied mit seiner Wucht, ich kann mich
nicht heben!

CHRYSOTHEMIS *fast schreiend vor Erregung*
    Hörst du denn nicht, sie tragen ihn,
sie tragen ihn auf ihren Händen.

ELEKTRA *springt auf, vor sich hin, ohne Chrysothemis zu achten*
    Wir
sind bei den Göttern, wir Vollbringenden.
Begeistert
Sie fahren dahin wie die Schärfe des Schwerts
durch uns, die Götter, aber ihre
Herrlichkeit ist nicht zuviel für uns!

CHRYSOTHEMIS
Allen sind die Gesichter verwandelt, allen
schimmern die Augen und die alten Wangen
vor Tränen! Alle weinen, hörst du's nicht?

ELEKTRA   CHRYSOTHEMIS
Ich habe Finsternis gesät   Gut sind die Götter! Gut!
und ernte Lust über Lust.   Es fängt ein Leben
Ich war ein schwarzer   für dich und mich und
    Leichnam   alle Menschen an.
unter Lebenden, und
   diese Stunde
bin ich das Feuer des Lebens
   und meine Flamme
verbrennt die Finsternis
   der Welt.
Mein Gesicht muß
   weißer sein

als das weißglühende
    Gesicht des Monds.
Wenn einer auf mich
    sieht,
muß er den Tod
    empfangen oder muß
vergehen vor Lust.
Seht ihr denn mein
    Gesicht?
Seht ihr das Licht, das
    von mir ausgeht?

Die überschwenglich
    guten Götter sind's,
die das gegeben haben.
Wer hat uns je geliebt?

Wer hat uns je geliebt?

CHRYSOTHEMIS
  Nun ist der Bruder da und Liebe
  fließt über uns wie Öl und Myrrhen, Liebe
  ist Alles! Wer kann leben ohne Liebe?

ELEKTRA *feurig*

Ai! Liebe tötet! aber
    keiner fährt dahin
und hat die Liebe nicht
    gekannt!

CHRYSOTHEMIS
Elektra!
Ich muß bei meinem
    Bruder stehn!

Chrysothemis läuft hinaus.
Elektra schreitet von der Schwelle herunter. Sie hat den Kopf zurückgeworfen wie eine Mänade. Sie wirft die Knie, sie reckt die Arme aus, es ist ein namenloser Tanz, in welchem sie nach vorwärts schreitet.

CHRYSOTHEMIS *erscheint wieder an der Tür, hinter ihr Fakkeln, Gedräng, Gesichter von Männern und Frauen*
  Elektra!

ELEKTRA *bleibt stehen, sieht starr auf sie hin*
   Schweig, und tanze. Alle müssen
herbei! hier schließt euch an! Ich trage die Last
des Glückes, und ich tanze vor euch her.
Wer glücklich ist wie wir, dem ziemt nur eins:
schweigen und tanzen!
Sie tut noch einige Schritte des angespanntesten Triumphes und stürzt zusammen.
CHRYSOTHEMIS *zu ihr. Elektra liegt starr. Chrysothemis läuft an die Tür des Hauses, schlägt daran*
Orest! Orest!
Stille. Vorhang.

*SZENISCHE VORSCHRIFTEN
ZU ›ELEKTRA‹*

von
Hugo von Hofmannsthal
(1903)

Die Bühne. Dem Bühnenbild fehlen vollständig jene Säulen, jene breiten Treppenstufen, alle jene antikisierenden Banalitäten, welche mehr geeignet sind, zu ernüchtern als suggestiv zu wirken. Der Charakter des Bühnenbildes ist Enge, Unentfliehbarkeit, Abgeschlossenheit. Der Maler wird dem Richtigen eher nahekommen – andeutungsweise –, wenn er sich von der Stimmung, die der bevölkerte Hof eines Stadthauses an einem Sommerabend bietet, leiten läßt, als wenn er irgend das Bild jener konventionellen Tempel und Paläste in sich aufkommen läßt. Es ist der Hinterhof des Königspalastes, eingefaßt von Anbauten, welche Sklavenwohnungen und Arbeitsräume enthalten. Die Hinterwand des königlichen Hauses bietet jenen Anblick, welcher die großen Häuser im Orient so geheimnisvoll und unheimlich macht; sie hat sehr wenige und ganz unregelmäßige Fensteröffnungen von den verschiedensten Dimensionen. Das Haus hat eine Tür, die offensteht, aber verschließbar ist. Sie ist um einige Stufen über dem Erdboden erhaben. Links von dieser ist ein niedriges aber sehr breites Fenster. Nach unten links nochmals ein ziemlich großes Fenster, hier scheint im Hause ein Gang zu laufen, den man luftig wünscht. In den höheren Stockwerken sind nur hie und da ein paar verstreute Fensterluken, denen die Kraft des Malers jenes Lauernde, Versteckte des Orients geben wird. Links und rechts sind niedrige Sklavenwohnungen an das Haupthaus angebaut. Rechts ein gedrückter häßlicher Bau mit vier ganz gleichen Türen, wie Zellen nebeneinander, jede mit einem braunen Vorhang geschlossen. An diesen kleinen Bau, der schief von rückwärts nach rechts vorn vorläuft, schließt sich in der Mitte der rechten Seitenwand ein offenes Tor, das in einen anstoßenden Hof führt; von dem Tore bis in die rechte vordere Ecke läuft eine Mauer. Das Gebäude links hat mehrere sehr schmale Fenster, unregelmäßig, und eine einzige große, schwere Tür. Vor diesem Gebäude steht eine Zisterne. Über das niedrige Dach des Hauses rechts wächst von draußen her ein riesiger, schwerer, gekrümmter Feigenbaum, dessen Stamm man nicht sieht, dessen Masse unheimlich geformt im Abendlicht wie ein halbaufgerichtetes Tier auf dem flachen Dach auflagert. Hinter diesem Dach steht die sehr tiefe Sonne, und tiefe Flecken von Rot und Schwarz erfüllen von diesem Baum ausgeworfen die ganze Bühne.

Die Beleuchtung. Anfänglich so wie bei Beschreibung des Bühnenbildes angegeben, wobei der große Wipfel des Feigenbaumes rechts das Mittel ist, die Bühne mit Streifen von tiefem Schwarz und Flecken von Rot zu bedecken. Das Innere des Hauses liegt zunächst ganz im Dunkel, Tür und Fenster wirken als unheimlich schwarze Höhlen. Diese Beleuchtung ist am stärksten während des Monologes der Elektra, und auf der Mauer, auf der Erde scheinen große

Flecken von Blut zu glühen. Während der Szene Chrysothemis-Elektra nimmt die Röte ab, der ganze Hof versinkt in Dämmerung. Der Zug, welcher der Klytämnestra im Innern vorangeht, erfüllt zuerst das große Fenster, dann das zweite Fenster links von der Tür mit Wechsel von Fackellicht und schwarzen vorüberhuschenden Gestalten. Klytämnestra erscheint mit ihren zwei Vertrauten im breiten Fenster, ihr fahles Gesicht, ihr prunkendes Gewand grell beleuchtet – fast wie ein Wachsfigurenbild – von je einer Fackel links und rechts. Der Hof liegt im Dunkel. Klytämnestra tritt in die Tür, zwei Fackelträger hinter ihr in den dunklen Hof, auf Elektra fällt flackerndes Licht. Klytämnestra entläßt ihre Begleiterinnen, diese gehen ins Haus, die Fackelträger verschwinden gleichfalls, nur ein sehr schwaches flackerndes Licht fällt aus einem inneren Raum durch den Hausflur in den Hof. Die eine Vertraute kommt wieder, die Fackel hinter ihr, auf Klytämnestras Ruf mehrere Fackelträger, es wird für einen Augenblick ganz hell. Sie gehen ab, nun Dunkel im Hof, der Abendhimmel aber rechts, soweit er sichtbar ist, noch hell in den wechselnden Tönen. Es ist ein Element der Stimmung, daß es in diesem traurigen Hinterhof finster ist, während es *draußen* in der Welt noch hell ist. Der hellste Fleck ist das offene Tor rechts. In diesem offenen Tor erscheint die dunkle Gestalt des Orest. Alles spielt nun bei zunehmender Dunkelheit, die Dauer des Stückes ist genau die Dauer einer langsamen Dämmerung, bis die Vertraute erscheint, um Orest ins Haus zu rufen. Hinter ihr ist eine Sklavin mit einer Fackel, diese Fackel steckt sie in einen Ring links von der Haustür, wo sie steckenbleibt, bis Elektra sie ergreift, um dem Ägisth damit entgegenzugehen. Dann bleibt die Fackel in dem Ring, erleuchtet flackernd den Hof bis zum Schluß.

Die Kostüme schließen gleichfalls jedes falsche Antikisieren sowie auch jede ethnographische Tendenz aus. Elektra trägt ein verächtliches elendes Gewand, das zu kurz für sie ist. Ihre Beine sind nackt, ebenso ihre Arme. Die Gewänder der Sklavinnen bedürfen keiner Anweisung, als daß sie getragen erscheinen müssen, abgenützt: es handelt sich um keinen Opernchor. Die Aufseherin der Sklavinnen trägt blaue Glasperlen ins Haar gewunden und eine Art Stirnreif. Sie hat einen kurzen Stock in der Hand. Klytämnestra trägt ein prachtvolles grellrotes Gewand. Es sieht aus, als wäre alles Blut ihres fahlen Gesichtes in dem Gewand. Sie hat den Hals, den Nacken, die Arme bedeckt mit Schmuck. Sie ist behängt mit Talismanen und Edelsteinen. Ihr Haar hat natürliche Farbe. Sie trägt einen mit Edelsteinen besetzten Stab. Ihre Schleppträgerin hat ein hellgelbes Gewand. Sie hat ein bräunliches Gesicht, das schwarze Haar straff zurückgenommen wie die Ägypterinnen, sie ist sehr groß und hat die biegsamen Bewegungen einer aufgerichteten Schlange. Die Vertraute, auf die sich Klytämnestra stützt, hat ein violettes oder dunkelgrünes Gewand und gefärbtes Haar mit Goldbändern durchflochten und ein geschminktes Gesicht. Es kommt sehr darauf an, daß der Maler diese drei Gestalten als Gruppe sieht und den furchtbaren Gegensatz zu der zerlumpten Elektra. Orest und der Greis, sein Pfleger, sind als wandernde Kaufleute gekleidet. Daß sie einem fremden Volke angehören, als Fremde wirken, muß deutlich sein. Ihr Kostüm muß sich, ohne zu sehr zu befremden, von den konventionellen, pseudo-antiken entfernen und darf an die Stimmung orientalischer Märchen anklingen, aber in finsteren, wenn auch keineswegs toten Farben.

NACHWORT

von Mathias Mayer

Gerhard Neumann zum 22. Juni 1994

1. Das Jahrhundert der Elektra

Elektra, die Schwester Iphigenies und Orests, die Tochter des Agamemnon und der Klytemnästra, ist die wohl einzige Gestalt des antiken Mythos, die in Bearbeitungen aller drei großen griechischen Tragiker auf die Nachwelt gekommen ist, in den *Choephoren* des Aischylos und den *Elektra*-Tragödien von Sophokles und Euripides. Bei Hugo von Hofmannsthal (1874–1929) und Richard Strauss (1864–1949), deren *Elektra*-Oper von 1909 auf Sophokles basiert, wird sie in ganz andere Familienzusammenhänge eingebunden: In der kompromißlosen Absage an das klassische Griechenbild besonders Winckelmanns und Goethes, in der extremen Darstellung sprachmächtiger, todes- und haßgesättigter Weiblichkeit ist sie die Tochter der Kleistschen *Penthesilea* (1807) und das Vorbild für Hans Henny Jahnns *Medea* (1926). In der literarischen Familie derjenigen Kinder, die um einen ermordeten Vater trauern, ist sie die verstörte Schwester der Donna Anna, deren Vater tatsächlich als »steinerner Gast« wiederkehrt, während Elektra den Vater nur visionär beschwört; sie ist aber auch die Schwester Hamlets, der dem Geist seines Vaters begegnet und, ähnlich wie Elektra, durch die Höhe seiner Reflexion der Ausführung der Rache im Weg steht. Durch die orientalisierende Färbung der Bildersprache ist *Elektra* mit Hölderlins Sophokles-Übersetzungen und Swinburnes *Atalanta* verschwistert. Mit der Verbindung von Tanz und Tod steht *Elektra* neben der kaum älteren *Salome*, Klytemnästra neben Herodias und Ägisth neben Herodes. Die Grenzen der Harmonik noch weiter hinausschiebend als *Salome*, rangiert *Elektra* im Werk von Strauss als der avancierteste Versuch und konkurriert mit Wagners *Tristan*, auf dessen Schluß das *Elektra*-Finale bewußt Bezug nimmt. Im Musiktheater des 20. Jahrhunderts behauptet sich *Elektra* – wenngleich Arnold Schönbergs Monodrama *Erwartung* ebenfalls 1909 entstand und auf seine Weise den *Tristan* fortschreibt – unangefochten neben den Opern von Alban Berg, dem *Wozzek* und der unvollendet gebliebenen *Lulu*. Die Konzentration auf weibliche Figuren, denn Orest und Ägisth sollten zeitweise ganz gestrichen werden, sowie die erdrückende Abgeschlossenheit und Enge lassen an jene »Frauentragödie in spanischen Dörfern« denken, *Bernarda Albas Haus* von Federico García Lorca (1936). Eine Ausstrahlung der *Elektra* auf Sartres Version desselben Mythos in *Les mouches* (1943) ist nicht ausgeschlossen. Kurzum, *Elektra* ist ein Jahrhundertwerk.

Drei der größten Tendenzen zu Beginn dieses 20. Jahrhunderts, könnte man in Abwandlung eines berühmten Fragments von Friedrich Schlegel sagen, seien die psychoanalytische Revolution, Nietzsches Philosophie unter der Optik des Lebens und der Symbolismus: Die in seinem Zeichen beobachtbare Verselbständigung des Materials und die Aufkündigung der Mimesisfunktion von Bild und Wort entlassen aus sich schließlich die Strömungen des Expressionismus und der Abstraktion. Spuren aller drei Tendenzen gehen in die Hofmannsthalsche *Elektra* ein. Fünfundzwanzig Jahre nach der Uraufführung der Tragödie – sie fand 1903 statt – meinte Hofmannsthal (in einem Brief an Breuer), *Elektra* würde »wahrscheinlich für einen späteren Leser einmal sehr deutlich das Gepräge ihrer Entstehungszeit, Anfang des XXten Jahrhunderts, tragen«. Diese Jahrhundertwende hatte in Hofmannsthal in der Tat einen höchst sensiblen Seismographen gefunden, der schon im Alter von fünfzehn Jahren sein Interesse für Psychiatrie entdeckte, aber sich zugleich der Gefahr geistiger Überreizung bewußt war. In zahlreichen Kritiken und Essays spiegelt er in den 1890er Jahren die Signatur des ersterbenden Historismus und die Geburt der Moderne. In Autoren wie Paul Bourget, Gabriele d'Annunzio, Maurice Maeterlinck, Stefan George oder Algernon Charles Swinburne erkannte er die Ablösung der »Mikroskopwahrheit« durch die »Traumwahrheit«. Ein eklektizistischer Mangel an Unmittelbarkeit und die Reichhaltigkeit einer antizipierenden Phantasie verknüpft Hofmannsthal in den lyrischen Dramen dieser Jahre – dem Erstlingswerk des 17jährigen, *Gestern*, dann in *Der Tor und der Tod* oder dem *Kleinen Welttheater* – zu einer »Bakteriologie der Seele« (an Hermann Bahr, 2. Juli 1891), die dem Symbolismus Maurice Maeterlincks wesentliche Anregungen verdankt. Mit Nietzsche als der Temperatur, in der sich seine Gedanken »kristallisieren«, stößt schon der Zwanzigjährige zu einer souveränen Einschätzung der zeitgenössischen Situation vor. Am 1. März 1894 notiert er in einem Tagebuch: »Epoche. Die Literaturentwicklung 1860–90 eine große Zerstörung des Begriffes Seele. Am Ende steht Barrès und Huysmans (*A Rebours*). Auflösung der Seele in tausend Einzeln-sensationen. Das Gemüt rettet sich in die Lyrik (Symbolismus).«

Damit war Hofmannsthal schon selbst in das Urgestein der Psychoanalyse, der ersten dieser Tendenzen, eingedrungen, deren Ergebnisse er gleichwohl später nur zögernd anerkennen wollte, weil sie ihm gar nicht außergewöhnlich erschienen. Bei *Elektra* griff er indessen speziell auf die *Studien über Hysterie* zurück, die 1895 gemeinsam von den Wiener Ärzten Josef Breuer und Sigmund Freud vorgelegt wurden. Besonders die Fallgeschichte der Anna O. (Bertha Pappenheim), deren schwere psychische Störungen im Zusammenhang mit dem Tod ihres Vaters stehen, hat in Elektra einzelne Spuren hinterlassen, von der regelmäßigen Wiederkehr der Symptome »um Sonnenuntergang« über die Unfähigkeit des Vergessens bis hin zum Wachtraum des »Privattheaters«, das Elektra in ihren Rachegesichten pflegt. Bei Klytemnästra spielt die hysterische Konversion seelischer Schmerzen in körperliche eine unübersehbare Rolle. Als Erklärungsmuster größeren Stils reicht aber die Diagnose der Hysterie nicht aus. Immerhin glaubte Hofmannsthal selbst, obwohl er gerade diesem Stück gegenüber Vorbehalte hatte, hier sei »zum ersten Mal der Versuch gemacht, in *einen tragischen Moment* eine *ganze* menschliche Psyche zusammenzupressen, sozusagen einen Querschnitt durch eine Seele zu geben *auch mit allen physiologischen Untergründen*«, notiert sich Harry Graf Kessler eine Gesprächsäußerung des Dichters.* – Daß es von diesen physiologischen Untergründen, an deren exzessiver Darstellung die Zeitgenossen viel Anstoß nahmen, nur ein Schritt ist zu einer aus dem Umfeld Nietz-

---

* Jahrbuch der Deutschen Schillergesellschaft XXXI, 1987, S. 28.

sches stammenden Neubewertung der Griechen, zeigt sich auch daran, daß Hofmannsthal neben Breuer und Freud auf Erwin Rohdes *Psyche* hingewiesen hat, beides Bücher, die »sich wohl mit der Nachtseite (der Seele) abgeben« (so in einem Brief an Ernst Hladny). Ein dionysisch-orgiastisches Moment prägt vor allem den großen Monolog der Elektra – mit dem großen Prunkfest der blutigen Rache –, und den Schluß, der Lust und Tod miteinander verschränkt. Es ist hier auch ein Theater der Grausamkeit und der Wollust, das Nietzsche zu seinen Initiatoren zählt. Hinzu kommt das Bild, das der Basler Mythenforscher Johann Jakob Bachofen von den archaischen, zum Teil orientalisch-matriarchalischen Vorstufen der apollinischen Kultur entwickelt hat. Das »Lauernde, Versteckte des Orients« fordert aber Hofmannsthal in den *Szenischen Vorschriften* (S. 59) und weist überdies einmal auf den Ton des Alten Testamentes, besonders der Propheten und des Hohen Liedes, hin.

Bildet die Obsession durch das Geschlecht, durch Gewalt und Blut eine Verbindung zwischen der Physiologie und der Ästhetik des Tragischen, so wird durch die neue Technik des Symbolismus die Szene auf der Bühne zu einem »état de l'âme« im Sinne Henri-Frédéric Amiels. Gezeigt wird nicht mehr die repräsentative Hauptfront des Königspalastes oder der Altar, sondern die wie von verkrustetem Blut verschmutzte Rückseite und der Innenhof; statt klassizistischer Idealisierung wird hier der Charakter der »Enge, Unentfliehbarkeit, Abgeschlossenheit« evoziert. Alle »jene antikisierenden Banalitäten« wie Treppen und Säulen abzuwehren, ist vornehmlich die Aufgabe der

Szenischen Vorschriften (S. 57), die Hofmannsthal wohl anläßlich der Uraufführung der Tragödie 1903 niedergeschrieben hat. Die eigens geforderten »Flecken von Rot und Schwarz«, von Blut, übersetzen den Inhalt von Mord und Lust, von Gewalt und Geschlecht ins Bildhafte. Statt äußerer Wahrscheinlichkeit liegt der Akzent auf der Bühne als einem »Traumbild«: »Es ist ein Element der Stimmung, daß es in diesem traurigen Hinterhof finster ist, während es *draußen* in der Welt noch hell ist.« Immer wieder schießen daher in diesem Text Züge pathologischer Besessenheit und einer extrem strapazierten Bildlichkeit zu Momenten von geradezu expressiver Geladenheit zusammen, so etwa in dem einen Satz, mit dem sich Elektra gegenüber dem noch unerkannten Orest ausweist:

> ich bin dies Blut! ich bin das hündisch
> vergossene Blut des Königs Agamemnon!
> Elektra heiß' ich. (S. 43)

2. Von der Tragödie zum Libretto

Gute Dramen müssen drastisch sein. Auch dieses Diktum Friedrich Schlegels gilt für *Elektra*, deren avantgardistischer Kühnheit Hofmannsthal selbst sich auf die Dauer nicht ganz gewachsen zeigte. Als er sich 1901 erstmals mit dem Plan befaßte, die *Elektra* des Sophokles als erstes Stück einer zweiteiligen Orestie zu bearbeiten, stand bereits der gegenüber der Vorlage drastisch veränderte Schluß der Tragödie fest, daß nämlich Elektra »nicht mehr weiterleben kann, daß, wenn der Streich gefallen ist, ihr Leben und ihr Eingeweide ihr entstürzen muß, wie der Drohne, wenn sie die Königin befruchtet hat, mit dem befruchtenden Stachel zugleich Eingeweide und Leben entstürzen« (Aufzeichnung von 1904). Es bedurfte aber erst der Begegnung mit dem Theater Max Reinhardts (1873–1942), das bei einem Wiener Gastspiel Gorkijs *Nachtasyl* mit der hochexpressiven Gertrud Eysoldt zeigte, um Hofmannsthal zur Ausarbeitung zu bewegen. Daß es ihm dabei gerade nicht auf historisch-philologische Werktreue ankam – deren gipserner Charakter sollte eben gemieden werden –, sondern darauf, »den Schauer des Mythos *neu* (zu) schaffen. Aus dem Blut wieder Schatten steigen (zu) lassen«, wurde oftmals übersehen, war aber für den Dichter nicht weniger als der Kern seiner *Verteidigung der Elektra* (Aufzeichnung von 1903). Mit »sehr wechselnder Lust und Stimmung« (an Otto Brahm, 3. Oktober 1903), aber in einem für Hofmannsthal außergewöhnlich kurzen Zeitraum wurde das Werk innerhalb weniger Wochen im Sommer 1903 niedergeschrieben. Daß der Autor kein unproblematisches Verhältnis dazu gewinnen konnte, bezeugt ein Brief an seinen Schwager Hans Schlesinger vom November 1903, also unmittelbar nach dem großen Uraufführungserfolg: »Mir wäre das Stück selbst in seiner fast krampfhaften Eingeschlossenheit, seiner gräßlichen Lichtlosigkeit ganz unerträglich, wenn ich nicht daneben immer als innerlich untrennbaren zweiten Teil den ›Orest in Delphi‹ im Geist sehen würde, eine mir sehr liebe Konzeption, die auf einem ziemlich apokryphen Ausgang des Mythos beruht und von keinem antiken Tragiker vorgearbeitet ist.«

Rudolf Kassner, den Hofmannsthal einen der Überschätzer der *Elektra* nannte, zählte das Stück zu »den schönsten Sachen unserer Literatur« und schlug vor, den Untertitel »Frei nach Sophokles« zu streichen. Was hier als Anerkennung der Selbständigkeit empfohlen ist, wurde von anderer Seite wütend als Rettung der antiken Vorlage gefordert. Die Verwandlung einer Bearbeitung in »eine neue, durchaus persönliche Dichtung«, wie Hofmannsthal 1911 sagt (*Das Spiel vor der Menge*), ließ es nur konsequent erscheinen, daß die sophokleische Eingangsszene zwischen Orest und dem Pfleger, aber auch der gesamte Anteil des Chors gestrichen wurde, um ganz die Hauptgestalt ins Zentrum zu stellen. Auch Klytemnästras Rechtfertigungsversuch für den Mord an Agamemnon – nämlich, daß er ihr Kind Iphigenie geopfert habe, um Fahrtwind nach Troja zu erhalten – fällt bei Hofmannsthal aus, desgleichen der großangelegte Botenbericht von Orests vermeintlichem Tod. Elektras Obsession durch den Tod des Vaters und die erhoffte Rache, ihre Verzerrung der Geschlechtlichkeit ins pure Gewaltsame und Tierische, wurden vor allem in der zeitgenössischen Presse als Perversion und Entstellung gegeißelt, als Bestialisierung und Dekadenz gebrandmarkt. Paul Goldmann wütete etwa, Elektra sei eine »sadistische Megäre«, Alfred Kerr wagte eine Prophezeiung: »Sicherlich gibt die Arbeit mehr einen starken Eindruck als eine tiefe Nachwirkung.«

Dessenungeachtet wurde *Elektra* Hofmannsthals erster ganz großer Bühnenerfolg, als sie am 30. Oktober 1903 im Kleinen Theater uraufgeführt wurde. Neben Gertrud Eysoldt wirkten Rosa Bertens als Klytemnästra (später auch erfolgreich von Tilla Durieux verkörpert) und Lucie Höflich als Chrysothemis mit, die Kostüme wurden von Lovis Corinth entworfen. Das »verteufelt humane« Griechenbild des Klassizismus, wie es Goethes *Iphigenie* repräsentiert und von dem sich Hofmannsthal bewußt absetzte, wurde durch Glucks Iphigenien-Ouvertüre in der Bearbeitung Richard Wagners vorab noch einmal zitiert. Danach folgte »bei völlig verdunkeltem Hause und tiefrot beleuchtetem geschlossenem Vorhang eine seltsam und barbarisch, uraltertümlich erscheinende Musik aus z. T. absichtlich disharmonischen Posaunenakkorden und dunklen Paukenwirbeln«.* Zwei Jahre lang hielt sich das Stück mit insgesamt 90 Vorstellungen im Repertoire, in den ersten vier Tagen wurde es von 22 Bühnen angenommen, bereits am 10. November waren drei Auflagen vergriffen.

Hermann Bahr, Rudolf Kassner, Arthur Schnitzler und Gerhart Hauptmann, der freilich das Griechische daran vermißte, »weil es uns nirgends auf das Meer und zu den Sternen hinausblicken lasse«**, dann Ferdinand von Saar, Maurice Maeterlinck und besonders André Gide gehörten zu den Bewunderern des Textes, auch Rilke – »mit Staunen und Hingabe an den Sturm dieses heulenden Buches«, wie er an Arthur Holitscher schreibt. Thomas Mann oder

---

* Leonhard M. Fiedler nach einer Rezension in der »Schlesischen Zeitung«, Breslau, vom 8. 11. 1903: L. M. Fiedler, Drama und Regie im gemeinsamen Werk von Hugo von Hofmannsthal und Max Reinhardt, in: Modern Austrian Literature 7, 1974, S. 193.
** Dies überliefert Hermann Bahr, Prophet der Moderne. Tagebuch 1888–1904, ausgewählt und kommentiert von Reinhard Farkas, S. 159. Tagebuch vom 6. Dezember 1903.

Friedrich Gundolf zählten eher zu den Kritikern. Daß Richard Strauss das Werk für sich entdeckte, war ein Glücksfall, der gleichsam am Wege lag: Gertrud Eysoldt hatte auch schon Wildes *Salome* auf der Sprechbühne verkörpert, die als Oper von Strauss im Dezember 1905 uraufgeführt wurde. Strauss sah *Elektra* in Berlin und erkannte sofort den »glänzenden Operntext« (so schreibt er in seinen »Betrachtungen und Erinnerungen«), mußte sich aber erst über die Bedenken einer zu großen Nähe zu *Salome* hinwegsetzen. Dabei half ihm keiner so energisch wie Hofmannsthal selbst, der schon einmal, im Jahre 1900, mit Strauss in Verbindung getreten war, ohne daß sich damals ein gemeinsames Projekt verwirklichen ließ. Vermutlich im Februar 1906 kam es zur entscheidenden Begegnung, denn im März bereits ist der Briefwechsel im Gange. Strauss beginnt im Juni mit der Arbeit und wird von Hofmannsthal mit manchen Vorschlägen unterstützt, den Tragödientext für die Vertonung einzurichten; so wird in der Oper Orest nicht nur von einem, sondern von vier Dienern in einer stummen Szene (des Füßeküssens) wiedererkannt (S. 45). Hofmannsthal suchte dem Wunsch des Komponisten zu entsprechen, die gebrochenen Linien der Tragödie in einfache Kurven aufzulösen und der Sanglichkeit zuzuarbeiten. Ende 1906 hörte er bereits erste Proben der Musik, wobei ihm »das Gedichtete in dieser Form (…) eine große Freude« machte, »viel mehr als von Schauspielern gesprochen. (…) Ich denke, es wird sehr schön« (an Helene von Nostitz). Seine Haltung gegenüber der Musik blieb indessen vorsichtig und ambivalent, denn ein Jahr später, Ende 1907, zeichnete Harry Graf Kessler in seinem

Tagebuch eine Gesprächsäußerung Hofmannsthals auf: »›Allerdings, gerade Dieses, dass so viel Hintergrund in der Elektra ist, das wird erst die Musik herausbringen. Denn das gesprochene Drama ist auf eine elende Komparserie angewiesen. Wenn diese auch hundertmal hinter den Kulissen ʼOrest, Orest!ʼ ruft, so denkt kein Mensch daran, was da hinten vorgeht. Die Musik hat ganz andre Mittel. Deshalb glaube ich, dass vielleicht erst die Musik herausbringen wird, was an dem Stück wirklich dran ist. Wenn Strauss das herausbringt, dann kann allerdings der Tanz, zu dem sich Elektra auf diesem Unterbau erhebt, von ganz grandioser Wirkung sein.‹ Er wolle dies auch Strauss einmal deutlich sagen, damit er diese Bedeutung des Tragischen nicht verfehle.«*

Zu diesem Zeitpunkt wird bereits die Schlußszene mit der Ermordung Ägisths ausgiebig besprochen; im Mai 1908 legt Hofmannsthal Textergänzungen für die dem Tod der Elektra unmittelbar vorausgehende Szene mit Chrysothemis vor, die in der Oper »nebeneinander« (Strauss an Hofmannsthal, 6. Juli 1908) gesungen und im Juli noch einmal erweitert wird (S. 54 f.). Gleichfalls auf den Wunsch des Komponisten hin fügt Hofmannsthal »einen großen Ruhepunkt nach dem ersten Aufschrei der Elektra: ›Orest!‹« ein (Strauss an Hofmannsthal, 22. Juni 1908; vgl. S. 45 die zehn Verse von »Es rührt sich niemand!« bis: »seliger, als ich gelebt! Orest! Orest!«). Hofmannsthal ist überzeugt, daß der Opernschluß »viel bedeutungsvoller und wuchtiger sein wird als in der Dichtung« (an Strauss,

---

* Wie Anmerkung auf S. 70.

16. August 1908). Von der »auf Sieg und Reinigung hinauslaufenden aufwärtsstürmenden Motivenfolge, die sich auf Orest und seine Tat bezieht«, die sich Hofmannsthal schon 1906 in der Musik »ungleich gewaltiger« vorstellen konnte als in der Dichtung, ist allerdings nicht viel geblieben. Der Schluß der Oper greift weitgehend auf das thematische Material aus Elektras großem Monolog zurück (S. 15–17) und wird ganz von ihrer Gestalt her dominiert. Neben einem Einschub in die Szene, in der Elektra Klytemnästra mit ihrer vorgestellten Ermordung foltert (S. 31: »Hinab die Treppen durch Gewölbe hin« bis: »zu seinen Füßen drücken wir dich hin –«) ist gegenüber dem Tragödientext, natürlich außer etlichen Kürzungen, eine Ergänzung signifikant: Im großen Monolog der Elektra ist sechsmal der Name des beschworenen Vaters, Agamemnon, eingefügt, der als gebrochener d-moll-Dreiklang die ganze Oper bereits leitmotivisch eröffnet hat und sie immer wieder überschattet – besonders kraß in Elektras »Agamemnon hört dich!« bei Ägisths Ermordung (S. 52). – Dieser vom ganzen Orchester getragene d-moll-Beginn erinnert an jenen anderen, der in der gleichen Tonart und ebenfalls im Zeichen eines ermordeten Vaters steht, um den die Tochter trauert: die Ouvertüre zu *Don Giovanni*.

Strauss beendete die Partitur im September 1908, die Uraufführung fand am 25. Januar 1909 in Dresden statt, die Leitung hatte Ernst von Schuch, Annie Krull kreierte die Titelrolle, Ernestine Schumann-Heink die Klytemnästra (die später eine Paraderolle der Anna Bahr-Mildenburg war), Margarethe Siems die Chrysothemis, Carl Perron den Orest. Hofmannsthal fand es »ein viel schöneres

Werk als Salome« (an Helene von Nostitz) und erlebte bei der Wiener Premiere »ein minutenlanges Rufen und Schreien im ganzen Haus wie ich es nie im Leben gehört habe« (an Kessler). Dennoch hielt dieser Eindruck nicht vor, denn als er am *Rosenkavalier* arbeitete, meinte er, Strauss doch wieder »das Arienhafte« verordnen zu müssen, sonst würde er, wie bei *Elektra* über »ein in sich completes Stück […] eine – entbehrliche – Symphonie schütten wie sauce über den Braten« (an Kessler, 30. Mai 1909). Trotz des nicht ungeteilten Premierenerfolgs wird die Oper sofort an zahlreichen Bühnen gespielt, in München unter Felix Mottl und Berlin unter Leo Blech, in Hamburg, Wien und Mailand, in Den Haag, New York und London (unter Thomas Beecham), Budapest, Prag und Brüssel. Das Orchester ist gegenüber *Salome* noch einmal vergrößert worden (rund 120 Mann) und dient einer raffinierten Freude an der Tonmalerei und psychologischen Durchdringung (Klytemnästra: »Und winselst / nicht du ins andre Ohr, daß du Dämonen / gesehen hast mit langen spitzen Schnäbeln«, S. 24). Auch Momente der Karikatur, wenn Elektra die Vertrauten ihrer Mutter als »Gewürm« bezeichnet (S. 23), und der Ironie, besonders gebündelt in der Ägisth-Szene, werden vom Orchester dargestellt. Mit ihrer oftmals chromatischen, extrem dissonanten Musiksprache, die die Kraßheiten des Textes noch verstärkt, ist *Elektra* die am weitesten die Grenzen der Harmonik und Tonalität erweiternde Partitur von Strauss, besonders in der Mägde-Szene zu Beginn und im Auftritt der Klytemnästra. Hier glaubte Strauss selbst, an die Grenze »psychischer Polyphonie und Aufnahmefähigkeit heutiger

Ohren gegangen« zu sein. In diesem Zusammenhang verdient eine von Werner Oehlmann überlieferte Anekdote Beachtung, daß Strauss, nach einer *Elektra*-Aufführung den Taktstock aus der Hand legend, gesagt habe: »Es ist kein Tristan, aber es kommt gleich danach.«*

3. Sprache, Bild, Musik und Tanz: Das Finale

Hatte Wagners *Tristan und Isolde* die Musik im Zeichen Schopenhauers zu metaphysischen Ehren erhoben, so stellt sich das Verhältnis von Text und Musik bei *Elektra* dadurch als widerständischer heraus, daß die Hauptfigur zunächst durch eine besondere Affinität zur Sprache ausgezeichnet scheint, am Ende aber ihr (freilich vernichtendes) Glück in die Wendung faßt: »Wer glücklich ist wie wir, dem ziemt nur eins: / schweigen und tanzen!« (S. 56). Schon in Goethes gräzisierender *Iphigenie* war von Elektras – der Schwester Iphigenies – »Feuerzunge« die Rede. Die Feuerzunge ist nicht eine Verständigung schenkende Begabung mit dem Pfingstwunder, sondern der verheerende Brand einer haßerfüllten Wortmächtigkeit. Es ist dies einer der Punkte, an dem Hofmannsthal über die Vorlage hinausging. Im »Privattheater« ihrer Rachevisionen, wie sie sie im Monolog und in der Szene mit der Mutter auslebt, wird Elektra zur Regisseurin, die unter Einsatz aller sprach-

---

* Werner Oehlmann, Oper in vier Jahrhunderten, Stuttgart und Zürich 1984, S. 686.

lichen Mittel Vergangenheit und Zukunft in die Gegenwart des Wortes bringt. Klytemnästra hat keinen Anlaß, ihr zu schmeicheln, gesteht ihr aber ohne weiteres zu, was dann im Libretto bezeichnenderweise ausgefallen ist: »Du redest / von alten Dingen so, wie wenn sie gestern / geschehen wären.« Wenn Hofmannsthal in der Rede *Der Dichter und diese Zeit* von 1906 davon handelt, daß dem Dichter immer die Toten aufstehen, daß er nichts jemals zu vergessen vermag, so läßt sich ganz Entsprechendes an der Elektra-Gestalt selbst beobachten. Auch daß *Elektra* »bloß schlafwandlerisch geglückt sei«, wie Kessler aus Hofmannsthals Mund 1910 notiert, hat seinen Reflex in Elektras Traumbefangenheit, mit der sie im Monolog das Prunkfest der Rache evoziert, aus der sie erst der Anruf der Schwester weckt – ein auch musikalisch unverkennbarer Moment der Irritation (S. 17). Und: Elektra nennt sich selbst eine Prophetin (S. 46), ja, sie verkörpert in der verbalen Hinrichtung der verhaßten Mutter geradezu das tödliche Wort selbst: »und nun liest du mit starrem Aug' / das ungeheure Wort, das mir in mein / Gesicht geschrieben ist« (S. 32). Schließlich, das durchgängige Motiv des Auges – Elektra kann die Augen nicht schließen und daher nicht vergessen, Klytemnästra dagegen hat auffallend große Augenlider. Im tödlichen Blick der Meduse, deren Blick »niemand, niemand hier im Haus« aushält (S. 13), verdichtet sich der versteinernde, lebensbedrohliche Charakter des Dichtens, den zur gleichen Zeit Ibsen oder Thomas Mann (*Tonio Kröger*), Rilke, Kafka, Proust und Pessoa erfahren haben.

Von daher wird *Elektra* als ein besonders prekärer Selbstversuch des Schriftstellers Hofmannsthal sichtbar, der erst kurz zuvor, im berühmten *Brief* des Lord Chandos (1902), die Grenzen der Sprache zur Diskussion gestellt hatte. Elektras Affinität zum Wort, zur Repetition der Vergangenheit und zur Antizipation der Zukunft, mußte für Hofmannsthal durch ihre gleichzeitige Nähe zum Tod, zum »Blutbann«, der das Leben und besonders die Geschlechtlichkeit trifft, etwas zutiefst Beunruhigendes haben, das der zumindest imaginären Ergänzung durch das lichtvollere Stück um *Orest in Delphi* bedurfte. (Immerhin hatten die *Studien über Hysterie* schon auf die Sprache als Surrogat für die Rachetat aufmerksam gemacht.) Nachdem dieser Plan, wie so viele andere auch, nicht ausgeführt wurde, versuchte Hofmannsthal in einer Vielzahl von Selbstdeutungen und Kommentaren, *Elektra* nachträglich als bedenkliches und immer problematisches Werk dem eigenen Œuvre zu integrieren. Daß er dabei das Stück unterschätzt haben dürfte und doch wiederholt darauf zurückkam, zeigt die anhaltende Irritation durch das eigene Werk, das als Taucher in die Abgründe des Lebens (so sagt er 1903 in einer Aufzeichnung), in die physiologischen Untergründe mehr ans Licht förderte, als zu wissen gut tat oder gewünscht war. Daß er sich für seine *Leda*-Dichtung die Novalis-Verse: »wer kann sagen / dass er das Blut versteht« exzerpiert hat, ist bemerkenswert.

Indessen hatte Hofmannsthal dieses Experiment dadurch besonders zugespitzt, daß er es einer reichhaltigen Vernetzung ganz unterschiedlicher Künste einschrieb. Mehr als in jedem anderen Werk wird hier Szenisches, Akustisches und Pantomimisches zum integralen Bestandteil, der die Musik schließlich wie von selbst zu fordern schien. Die *Elektra*-Tragödie ist von außerordentlich zahlreichen und instruktiven Regieanweisungen durchsetzt, die sich an Schlüsselstellen zu stummen, aber expressiven Orchesterbildern (in der Oper) verdichten. Indem er die Bühne mit der »Ökonomie der Träume« füllt (Hofmannsthal: *Die Bühne als Traumbild*), erhält jedes Moment seine dosierte Funktion. So schrickt Elektra gleich zu Beginn vor den Mägden »zurück wie ein Tier in seinen Schlupfwinkel, den einen Arm vor dem Gesicht« (S. 11). Oder, als Klytemnästra nach der verbalen Hinrichtung durch Elektra neues Leben aus der Nachricht von Orests Tod schöpft, heißt es: »Ganz bis an den Hals sich sättigend mit wilder Freude, streckt sie die beiden Hände drohend gegen Elektra« (S. 32). Später das wie besessene Graben nach dem Beil, die stumme Erkennungsszene der Diener und Orests oder das »furchtbare Warten« beim Muttermord sind Szenen höchster Suggestionskraft, in denen Gestik und Lichtregie mehr als die Sprache sagen, die Musik aber ihre außerordentlichsten Wirkungen entfalten kann. Die *Szenischen Vorschriften* und die Werkstatt-Briefe mit Strauss machen das Bühnenbild zu einem Bestandteil dieses schon von Hofmannsthal gleichsam durchkomponierten Werkes. Vom Schatten des Feigenbaumes beherrscht, der Flecken roten Lichtes auf die Szene wirft und sie damit dem Blutbann von Geschlecht und Tod unterordnet, entspricht die Geschlossenheit dieses Hinterhofes der Unentfliehbarkeit, mit der hier Agamemnon, der eifersüchtige Tote, seine Familie regiert. Einzig durch das offene Hoftor ist eine Verbindung zur Welt gegeben, hier kommen Orest und später Ägisth auf die Bühne; hätte Hofmannsthal auf sie verzichten können – er legte Strauss offenbar die Streichung Ägisths nahe (Strauss an Hofmannsthal, 22. Dezember 1907) –, wäre das Stück in jeder Hinsicht noch geschlossener geworden. Hofmannsthal verteidigte eine Beobachtung des Kritikers Maximilian Harden, der geschrieben hatte: »Aigisthos ist ein Statist, Orest ein Deklamator. Beide kommen von draußen in das Gedicht, sind nicht in seinem Herzen gezeugt; und wir wünschen sie fort aus dieser Welt. Nur Weiber sollten hier hausen.«

Aber auch für eine musikalische, zumindest akustische Realisierung finden sich schon in der Tragödie bemerkenswerte Passagen, so beim Auftritt der Klytemnästra: »An den grell erleuchteten Fenstern klirrt und schlürft ein hastiger Zug vorüber: es ist ein Zerren, ein Schleppen von Tieren, ein gedämpftes Keifen, ein schnell ersticktes Aufschreien, das Niedersausen einer Peitsche, ein Aufraffen, ein Weitertaumeln« (S. 21). Im gleichen Jahr 1906, als er sich mit Strauss auf *Elektra* verständigte, arbeitete Hofmannsthal auch den umfänglichen Vortrag *Der Dichter und diese Zeit* aus, mit dem er durch mehrere deutsche Städte reiste. Dort handelt er an einer Stelle von der Neigung der Wissenschaften, sich zur Mathematik emporzuläutern. Entsprechendes gelte für die Künste, die danach strebten, »reine Kunst zu werden, wofür man gesagt hat: sie streben danach, Musik zu werden«. Diese schopenhauerisierende Interpretation, die reine Kunst sei die Musik, die Hofmannsthal wahrscheinlich auf dem Weg über Rudolf Kassner als Äußerung Walter Paters bekannt geworden war, will er indes »nur gleichnisweise« verstanden wissen. Hier ist zu ahnen, welche nur widerwillige Selbstaufopferung es für ihn bedeutet haben muß, ans Ende der so wortgewaltigen Elektra-Gestalt die Worte – aber eben die Worte! – zu setzen: »Wer glücklich ist wie wir, dem ziemt nur eins: / schweigen und tanzen« (S. 56) und ihren Tod im Tanz zu besiegeln. Bei seiner Einschätzung von Wort und Ton stand womöglich Goethe Pate, der der Musik die höchste Position zugewiesen hätte, wenn wir nicht die Sprache hätten. Nicht umsonst schien ihm aber die reine Opernform als die günstigste aller dramatischen – ein Wort, das Hofmannsthal immer wieder zitierte. Der Weg zur Oper bedeutet bei *Elektra* aber nicht nur Bereicherung, sondern in einem freilich entscheidenden Punkt auch eine Einschränkung der Möglichkeiten. Daß man sie als solche nicht wahrnimmt, liegt an der kongenialen Steigerung, die Strauss aus Elektras Tanz entwickelt, indem er das schon in Elektras Monolog eingeführte Motiv der Agamemnonkinder nun in großen Bögen zum Schwingen bringt. Von der Hierarchie und der Konstellation der einzelnen Künste her, die in dieses Finale eingehen, ist der Tanz im Drama aber noch einmal etwas anderes als der Tanz in der Oper. Während im Drama der Tanz in seinem Ausnahmecharakter evident ist, muß er diesen innerhalb eines musikalischen Ganzen erst durch eine Ausgrenzung seiner spezifischen Möglichkeiten bewahrheiten.

Die Bezüge zwischen Sprache, Pantomime, Bild und Musik überlagern sich im Finale der Oper, das nach der Ermordung Klytemnästras und Ägisths zwar den Kampf Orests gegen die alte Palastordnung zum Hintergrund hat, sich aber ganz zwischen den beiden Schwestern abspielt. Orest und der Chor seiner Anhänger – welche Ironie, daß Hofmannsthal in den *Szenischen Vorschriften* die Sklavinnen (Mägde) dadurch charakterisierte, daß er schrieb: »es handelt sich um keinen Opernchor« (S. 62) – nehmen am Geschehen auf der Bühne keinen Anteil mehr, erst unmittelbar vor Elektras Tod drängen sich »Gesichter von Männern und Frauen« (S. 55) an der Türe: Um so mehr ist aber Elektra mit den Vorgängen im Innern des Hauses beschäftigt: In einer 1916 gehaltenen Rede in Skandinavien sagt Hofmannsthal von ihr, »Sie ist der Vater (dieser ist nur in ihr), sie ist die Mutter (mehr als diese selbst es ist), sie ist das ganze Haus, – und sie findet sich nicht«. Sie hat das Ziel ihres Lebens erreicht und damit ihre Substanz aufgezehrt. Wie der befruchtenden Drohne bleibt ihr nur der Tod. Hofmannsthal und Strauss inszenieren ihn als eine totale Zerstörung der Kommunikation, als ein Vergehen von Hören und Sehen, das nicht die Halluzination zu einem Teil der Wirklichkeit, sondern die Wirklichkeit zu einem Teil ihres Privattheaters macht. Der drängenden Frage der Chrysothemis, ob Elektra nicht den Sieg Orests und seiner Anhänger im Jauchzen höre, hält sie nicht wirkliche, sondern rhetorische Fragen entgegen, die keine Antwort heischen: »Ob ich nicht höre? ob ich die / Musik nicht höre? sie kommt doch aus mir.« Elektra phantasiert sich zur Anführerin eines Reigens, zu dem es gar nicht kommt; weder kann sie sich von der Schwelle heben, noch gar warten »alle« auf sie. Elektra ist im Gegenteil völlig allein und träumt sich, ohne auf Chrysothemis' schreiende Erregung überhaupt noch zu reagieren, in den Rausch und das Glück der Tat hinein, die sie selbst gar nicht vollbringen konnte. Daß sie Orest das sorgsam bewahrte Mordbeil nicht hat geben können, veranlaßte sie zu der Klage: »Es sind keine Götter im Himmel« (S. 48); deshalb führt sie jetzt die Rede »Wir sind bei den Göttern, wir Vollbringenden« (S. 54) eigentlich unberechtigt im Mund. Entgegen ihrer Behauptung wird die phantasierte Herrlichkeit der Götter doch »zu viel« für sie, in paradoxen, durch den biblischen Anklang erhabenen Wendungen stilisiert sie sich zum Feuer des Lebens, das sich aber selbst verzehrt, statt die »Finsternis der Welt« wirklich aufzuhellen. Von der möglicherweise eine neue Helle eröffnenden Tat, die Orest im Hintergrund vollzogen hat, dringt kein Licht in diesen Hinterhof des Palastes. Wie Strauss es wünschte, singen die Schwestern hier nicht miteinander, sondern *nebeneinander*, ohne daß Elektra von Chrysothemis weiß oder hört. Sie glaubt sich in der Ekstase von Lust und Licht im Mittelpunkt des Geschehens, das indessen ganz ohne Zeugen bleibt: »Wenn einer auf mich sieht, / muß er den Tod empfangen oder muß / vergehen vor Lust. / Seht ihr denn mein Gesicht? / Seht ihr das Licht, das von mir ausgeht?« Mit den wiederholten rhetorischen Fragen der Schwestern: So hörst du denn nicht? Ob ich nicht höre? hörst du's nicht? Seht ihr denn mein Gesicht? macht der Librettist dieses Finale zur Kontrafaktur von nichts geringerem als Isoldes Liebestod, wo, Chrysothemis entsprechend, Brangäne singt: »Hörst du uns nicht?« und Isolde antwortet: »Seht ihr's Freunde? / Seht ihr's nicht?« Auch Isolde hat »nichts um sich her vernommen«, aber »das Auge mit wachsender Begeisterung auf Tristans Leiche« geheftet. Elektras Begeisterung und Lust entzündet sich dagegen an der imaginären Last des Glücks (»der zwanzigfache Ozean begräbt / mir jedes Glied mit seiner Wucht«) und geht an ihr zugrunde: Während Isoldes Liebestod ihre Selbsttäuschung von Tristans Wiedererwachen (»wie das Auge / hold er öffnet«) besiegelt, ist Elektras ganz anderer Liebes-Tod: »Ai! Liebe tötet!« bloße Vision einer Allverbundenheit, die sich nicht einlösen läßt. Auf ihr Wort hin: »aber keiner fährt dahin / und hat die Liebe nicht gekannt!« läuft Chrysothemis hinaus und läßt die Schwester allein, die nun zum »namenlosen« Tanz der Mänade anhebt. Als Chrysothemis zurückkommt und Elektra mit dem Namen (!) anruft, ist der Tanz jäh zu Ende, »Elektra bleibt stehen«. Der Tanz wird zum Zeichen ihrer vollständigen Isolierung, gerade nicht zum Reigen – Elektra ist ganz allein auf der Bühne –, aber auch zum Zeichen ihrer unmittelbaren Präsenz. In der Ekstase des königlichen Siegesfestes über die Vatermörder haben Vergangenheit und Zukunft, und damit auch das Wort als Repetition und Antizipation, ihre Bedeutung verloren. Der gegenwärtigen Last und Lust des Glücks ziemt das Schweigen und Tanzen, der Gebrochenheit von Erinnerung und Ahnung, von wiederholter Vergangenheit und vorweggenommener Zukunft entsprach dagegen das Wort. Die Namenlosigkeit der Gegenwart kann nicht als Wort formuliert werden, sondern bedarf der Einbeziehung von Musik und Tanz, die aber das Wort nicht ablösen, sondern nur augenblickslang ersetzen; ein dauerhafter Ausbruch aus der Abgeschlossenheit dieses Innenhofes und des Wortes wird nicht gezeigt, *Elektra* endet mit dem ohnmächtigen Ruf des Brudernamens durch Chrysothemis an der verschlossenen Türe.

Elektra wird somit zum Selbstversuch auf Messers Schneide; nur als unglückliches Bewußtsein vermag sie sich zu formulieren, das Glück macht stumm, denn, als Goethesche »Gunst des Augenblicks« gehört es nicht zur dauerhaften Erfahrung des Lebens. In einem frühen Dramenfragment (*Alexander*) des jungen Hofmannsthal heißt es, »das Leben ist ein Zeichendeuten, ein *unaufhörliches*, wer nur einen Augenblick inne hält thut seinem Tod ein Stück Arbeit zuvor«. Dieses augenblickshafte Anhalten der Zeichenlektüre ist ein Glück an der Grenze des Lebens. »Der Tanz«, notiert Hofmannsthal 1911, »macht beglückend frei. Enthüllt Freiheit. Identität. Der Lebende gegenüber dem Tänzer gehemmt.« Während Hofmannsthals eigene Tanzdichtungen innerhalb dieses Mediums neue Oppositionen und Spannungen ausbilden müssen, um als Zeichen lesbar zu bleiben, ist es der Tanz innerhalb einer dramatischen Konstellation, der als beglückende Erfahrung der Zeichenlosigkeit und der Präsenz in einem höchst vergänglichen Moment aufscheint. – Diese Engführung des Wortes mit dem Ersatz oder der Abwesenheit der Gegenwart und die augenblickshafte Verknüpfung von Glück, Tanz und Musik macht *Elektra* zu einem Meilenstein in der Kunst des 20. Jahrhunderts.

Theater Funk Fernsehen

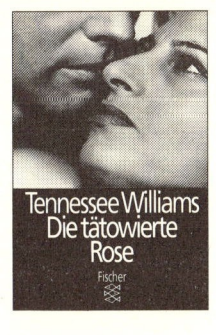

Jean Giraudoux
**Kein Krieg in Troja
Die Irre von
Chaillot**
Zwei Stücke
Band 7033

Hugo von
Hofmannsthal
Elektra
Tragödie in
einem Aufzuge
Band 12366
Jedermann
Band 10871
Der Schwierige
Band 7111
Der Turm
Band 11729
Der Unbestechliche
Band 7112

Eugène Ionesco
Die Nashörner
Band 7034

Arthur Schnitzler
Reigen/Liebelei
Zwei Stücke
Band 7009

Franz Werfel
**Jacobowsky
und der Oberst**
Band 7025

Thornton Wilder
Die Alkestiade
Band 7076
**Einakter und
Dreiminutenspiele**
Band 7066
Unsere kleine Stadt
Band 7022
**Wir sind noch
einmal davon-
gekommen**
Band 7029

Tennessee Williams
**Endstation
Sehnsucht**
Band 7120

Tennessee Williams
Die Glasmenagerie
Band 7109
**Die Katze auf dem
heißen Blechdach**
Band 7110
**Die Nacht
des Leguan**
Band 11985
Die tätowierte Rose
Band 10542

Carl Zuckmayer
**Der fröhliche
Weinberg/
Schinderhannes**
Zwei Stücke
Band 7007
**Der Hauptmann
von Köpenick**
Band 7002
Der Rattenfänger
Band 7114
**Des Teufels
General**
Band 7019

Fischer Taschenbuch Verlag

Hugo von Hofmannsthal
Sämtliche Werke

Kritische Ausgabe
Band XVI.1 / Dramen 14. 1

Der Turm
Erste Fassung

Herausgegeben von Werner Bellmann
636 Seiten. Leinen in Schuber

Die kritische Ausgabe der Sämtlichen Werke Hugo von Hofmannsthals bietet neben den zu Lebzeiten und aus dem Nachlaß veröffentlichten Schriften alle relevanten Materialien aus dem nahezu 20.000 Seiten umfassenden Nachlaß, und zwar entweder in Form fragmentarischer Werke oder Werkbestandteile oder als Vorstufen. Sie ermöglichen einen genuinen Zugang zum Gesamtwerk des Dichters. Geradezu beispielhaft zeigt sich dies in dem Band, der Hofmannsthals gewaltigsten dramatischen Versuch *Der Turm* erstmals in der ganzen Vielfalt der immensen Quellenlage, der höchst unterschiedlichen Bearbeitungsschichten und -tendenzen, der Fülle der in jahrelangem Bemühen erstellten Notizen, Entwürfe, Druckfassungen vorstellt.

S. Fischer Verlag

Hugo von Hofmannsthal

Der Turm

Ein Trauerspiel
Band 11729

›Der Turm. Ein Trauerspiel‹ ist ein zentrales Stück im Werk von Hugo von Hofmannsthal, auch wenn es nie den Erfolg und die Anerkennung wie die Libretti für die Opern von Richard Strauss oder die frühen Dramen und die Lustspiele gefunden hat. Thomas Langhoff, Regisseur und Intendant des Deutschen Theaters in Berlin, hat das Stück, das viele Bühnen für unspielbar gehalten haben, in einer glanzvollen Inszenierung seines Theaters für die Wiener Festwochen 1992 herausgebracht und bewiesen, daß das Stück neu zu bewerten und dessen Umbruch- und Aufbruchstimmung wie für unsere Zeit geschrieben ist. In der nun vorliegenden Taschenbuchausgabe ist Hugo von Hofmannsthals Fassung aus dem Jahr 1926 abgedruckt. Die von der Dramaturgie des Deutschen Theaters eingerichtete Textversion stützt sich weitestgehend auf diese Fassung, die z.T. eingestrichen und durch einzelne Dialogstellen aus der ersten Fassung bereichert wurde.

Fischer Taschenbuch Verlag

Hugo von Hofmannsthal

Gesammelte Werke
in zehn Einzelbänden

Herausgegeben von Bernd Schoeller
in Beratung mit Rudolf Hirsch

Gedichte – Dramen I (1891-1898)
Gedichte. Gestalten. Prologe und Trauerreden
Idylle. Gestern. Der Tod des Tizian. Der Tor und der Tod
Die Frau im Fenster. Die Hochzeit der Sobeide. Das Kleine
Weltheater. Der weiße Fächer. Der Kaiser und die Hexe
Der Abenteurer und die Sängerin
Band 2159

Dramen II (1892-1905)
Ascanio und Gioconda
Alkestis. Das Bergwerk zu Falun. Elektra
Das gerettete Venedig. Ödipus und die Sphinx
Band 2160

Dramen III (1893-1927)
Jedermann
Das Große Welttheater. Der Turm
Prologe und Vorspiele. Dramen-Fragmente
Band 2161

Dramen IV (Lustspiele)
Silvia im »Stern«
Cristinas Heimreise. Der Schwierige. Der Unbestechliche
Timon der Redner. Mutter und Tochter
Band 2162

Dramen V (Operndichtungen)
Der Rosenkavalier
Ariadne auf Naxos. Die Frau ohne Schatten. Danaë
Die Ägyptische Helena. Arabella
Band 2163

Dramen VI
(Ballette - Pantomimen - Bearbeitungen - Übersetzungen)
Pantomimen zu ›Das Große Welttheater‹
Sophokles: »König Ödipus«
Molière: »Die Lästigen«; »Der Bürger als Edelmann«
Raimund: »Der Sohn des Geisterkönigs«
Calderon: »Dame Kobold«
Band 2164

Erzählungen
Erfundene Gespräche und Briefe - Reisen
Märchen der 672. Nacht
Die Wege und die Begegnungen. Lucidor
Andreas oder die Vereinigten. Die Frau ohne Schatten
Brief des Lord Chandos. Das Gespräch über Gedichte
Augenblicke in Griechenland u.a.
Band 2165

Reden und Aufsätze I (1891 - 1913)
Poesie und Leben
Shakespeares Könige und große Herren
Der Dichter und diese Zeit. Eleonora Duse
Schiller. Balzac. Deutsche Erzähler
Goethes »West-östlicher Divan«. Raoul Richter u.a.
Band 2166

Reden und Aufsätze II (1914 - 1924)
Rede auf Beethoven. Rede auf Grillparzer
Shakespeare und wir. Ferdinand Raimund
Deutsches Lesebuch. Max Reinhardt
Appell an die oberen Stände. Preuße und Österreicher u.a.
Band 2167

Reden und Aufsätze III (1925 - 1929)
Aufzeichnungen
Das Schrifttum als geistiger Raum der Nation
Wert und Ehre deutscher Sprache
Gotthold Ephraim Lessing. Das Vermächtnis der Antike
Buch der Freunde. Ad me ipsum u.a.
Band 2168

FISCHER TASCHENBUCH VERLAG

RICHARD STRAUSS
BRIEFWECHSEL – OPERNTEXTBÜCHER

**Gustav Mahler
Richard Strauss
Briefwechsel
1888–1911**
Herausgegeben von Herta Blaukopf
Best.-Nr. SP 767
DM 19,80 / öS 155,– / sFr 20,80
Dieser Briefwechsel dokumentiert die tiefe Freundschaft zwischen Gustav Mahler und Richard Strauss, allerdings auch die Rivalitäten zweier erfolgreicher Komponisten und Dirigenten. Herta Blaukopf, deren Essay besonderes Interesse verdient, hat die Neuausgabe um fünf seit der Erstausgabe gefundene Briefe erweitert.

Richard Strauss
Hugo von Hofmannsthal
Briefwechsel
Herausgegeben von Willi Schuh

SERIE MUSIK
PIPER · SCHOTT

**Richard Strauss
Hugo von Hofmannsthal
Briefwechsel**
Herausgegeben von Willi Schuh
Best.-Nr. SP 8252
DM 34,80 / öS 271,– / sFr 34,90
Es gibt nichts, was diesem Briefwechsel vergleichbar wäre in der Weltliteratur: Zwei starke künstlerische Potenzen, der bedeutendste Komponist seiner Generation und einer der großen Dichter des Jahrhunderts, verbinden sich und machen ihren Briefwechsel zum Organ ihrer Zusammenarbeit.

Richard Strauss
Hugo von Hofmannsthal
Arabella
Textbuch (it.)
Best.-Nr. RSV 8267*
DM 5,– / öS 39,– / sFr 5,80
Textbuch (d.)
Best.-Nr. RSV 8255*
DM 5,– / öS 39,– / sFr 5,80

Ariadne auf Naxos
Textbuch (d.)
Best.-Nr. AF 7454**
DM 5,– / öS 39,– / sFr 5,80

Elektra
Textbuch (d.)
Best.-Nr. AF 5207**
DM 5,– / öS 39,– / sFr 5,80

Die Frau ohne Schatten
Textbuch (d.)
Best.-Nr. AF 7505**
DM 5,– / öS 39,– / sFr 5,80

Der Rosenkavalier
Textbuch (d.)
Best.-Nr. AF 5905**
DM 6,– / öS 47,– / sFr 7,–
Textbuch, Einführung und Kommentar aus der Reihe „Opern der Welt" herausgegeben von Kurt Pahlen
Best.-Nr. SP 8018
DM 19,80 / öS 155,– / sFr 20,80

Richard Strauss
Oscar Wilde (d. von Hedwig Lachmann)
Salome
Textbuch (d.)
Best.-Nr. AF 5504**
DM 5,– / öS 39,– / sFr 5,80

* Lieferrechte für Deutschland, Italien, Portugal und GUS
** Lieferrechte für Deutschland, Portugal und GUS

SCHOTT